AF197628

Johannes Wilkes, Jahrgang 1961, wurde in Dortmund geboren und absolvierte ein Studium der Medizin in München. Seit dreißig Jahren lebt er in Franken und führt in Erlangen eine sozialpsychiatrische Praxis. Neben populären Sachbüchern schreibt er auch belletristische Werke. So ermittelte Kommissar Mütze u. a. bereits in den Frankenkrimis »Der Fall Rückert« (2016), »Tod auf dem Poetenfest« (2019), »Der Fall Caruso« (2020), »Der Fall Wagner« (2021) und »Die Zustellerin« (2022).

Johannes Wilkes

Mord am Walberla

Kriminalroman

ars vivendi

Ähnlichkeiten mit ermordeten Personen sind rein zufällig.

Originalausgabe

4. Auflage Juni 2022
3. Auflage November 2018
2. Auflage Mai 2018
1. Auflage Januar 2018
© 2018 by ars vivendi verlag
GmbH & Co. KG, Bauhof 1,
90556 Cadolzburg
Alle Rechte vorbehalten
www.arsvivendi.com

Umschlaggestaltung: FYFF, Nürnberg
Motivauswahl: ars vivendi
Umschlagfoto: © istock/subwaytree
Druck: Custom Printing
Gedruckt auf holzfreiem Werkdruckpapier
der Papierfabrik Arctic Paper

Printed in the EU

ISBN 978-3-86913-868-8

Mord am Walberla

When shall we three meet again?
In thunder, lightning, or in rain?

William Shakespeare, *Macbeth*

Mittwoch, 1. Mai

»Wenn sein Phallus nicht geblinkt hätte, hätten wir ihn erst im Stadium der Verwesung gefunden.«

»Die moderne Technik sei gepriesen!«

Mütze beugte sich über das Geländer. Verdammt steil ging es hier den Felsen hinab. Der Kommissar schob seinen Oberkörper noch weiter nach vorne, gefährlich weit, erst dann konnte er ihn erkennen: den Teufel. Schwarz und rot leuchtete es von einem kleinen Vorsprung gute zehn Meter tiefer, ein dürftiger Krüppelbaum, der aus einer Spalte kroch, hatte Luzifers Höllensturz gestoppt. Regungslos hing der Teufel im Fels, sein Phallus aber blinkte fröhlich weiter.

»Muss ne gute Batterie haben«, bemerkte Mütze trocken.

»Soll ich die Leiche raufholen lassen?«

»Nur zu!«

Gößwein, der Leiter der Spusi, winkte zwei junge Helmträger herbei, die um ihren Leib ein Netz von Klettergurten trugen. Zwei kräftige Karabinerhaken schlossen sich um das massive Stahlgeländer, dann begannen die beiden sich abzuseilen.

»Wer hat ihn gefunden?«

»Zwei Hexen«, sagte Gößwein.

»Natürlich«, grinste Mütze, »wer sonst?«

»Kein Witz, gestern war doch Walpurgisnacht.«

Die beiden Hexen sahen erbarmungswürdig aus, blass, frierend, übernächtigt. Sie saßen auf der Rückbank eines Streifenwagens, der neben der kleinen Kapelle parkte, und wärmten sich mit Aludecken und heißem Tee, den ihnen ein guter Geist in zwei Plastiktassen gegossen hatte. Die eine Hexe trug einen blauen Glitzerfummel, die andere braunen Lumpenlook.

»Mütze, Kriminalpolizei. Ich würde Ihnen gerne ein paar Fragen stellen.«

Viel wussten die Hexen nicht zu berichten. Beide studierten sie Medizin in Erlangen, am gestrigen Abend seien sie zusammen mit Freunden aufs Walberla gestiegen, um in den Mai zu tanzen, alle in Blocksbergkostümen. Auf dem Berg seien schon etliche Feuer zu sehen gewesen, auf dem ganzen Hochplateau hätten verkleidete Leute gefeiert, Hexen die meisten, aber auch Vampire, Teufel und andere Unterweltsgestalten. Auch sie selbst hätten aus mitgeschleppten Holzscheiten einen Stoß errichtet und ein Feuer angezündet. Dann hätten sie getrunken und gefeiert und seien auf ihren Besen durch die Flammen gesprungen. So sei das die ganze Nacht gegangen, bis zum Morgengrauen. Ihre Freunde seien schließlich müde geworden und schon vor ihnen aufgebrochen, sie seien die Letzten gewesen.

»Irgendwann sind dann auch wir hinunter«, sagte die Glitzerhexe bibbernd.

»Und weiter?«

»Als wir aus dem Wäldchen traten, auf der halben Höhe des Berges, da haben wir es blinken sehen.«

»Wo genau hat es denn geblinkt?«

»Oben im Fels«, sagte die Lumpenhexe. »Wir dachten zuerst, da hat einer was weggeworfen. Ein Rücklicht vom Fahrrad oder so was. Aber dann sind wir nachschauen gegangen.«

Die Glitzerhexe fing an zu würgen, während sie zitternd ihre Teetasse umfasst hielt.

Sie hätten sich den Weg durch das Unterholz gebahnt, ohne die Taschenlampe einzuschalten, es habe ja schon angefangen zu dämmern. Nachdem sie sich durch das Gestrüpp gekämpft hatten, seien sie auf einen Felsen gestoßen; auf den seien sie geklettert.

»Und dann?«

»Dann haben wir ihn gefunden.«

»Wen?«

»Den Teufel mit seinem Blinkeding.«

»Hat er sich noch bewegt?«

»Nein, so wie er da hing, muss er bereits mausetot gewesen sein.«

»Ist er auf dem Fest gewesen?«

Auf dem Fest? Keine Ahnung. Jedenfalls konnten sie sich nicht erinnern. Beide Hexen beteuerten, den Mann nie zuvor gesehen zu haben. Während des ganzen nächtlichen Spuks sei ihnen kein solcher Teufel aufgefallen, keiner mit so einem blinkenden Teil. Das hätten sie nicht vergessen, ganz bestimmt nicht. Mütze glaubte ihnen sofort. Er hatte Mitleid mit den beiden, trotz der Decken froren sie zum Gotterbarmen. Bevor er sie jedoch nach Hause fahren ließ, bat er sie noch darum, sich weiter zur Verfügung zu halten. Außerdem brauche er eine Liste aller ihrer Freunde, die auf dem Walberla mit ihnen gefeiert hatten, inklusive Handynummern.

Mittlerweile hatten die beiden Polizeikraxler die Leiche geborgen und neben dem Geländer auf den Rücken gelegt. In unwirklichem Kontrast zu dem schlaffen Leichnam stand der Plastikphallus. Vital strebte er nach oben und hörte nicht auf zu blinken.

»Dürfen wir das Ding ausschalten?«, fragte Gößwein degoutiert.

»Moooment«, protestierte Mütze und hob die Hände.

Er wollte sich zunächst einen Gesamteindruck von der Leiche verschaffen und schritt dreimal konzentriert um den Teufel herum. Am Kopf, direkt über der Stirn, klaffte eine Wunde. Das Teufelshorn daneben sah ungesund verbogen aus. Sonst gab es, von den zahlreichen Schürfwunden abgesehen, keine auffälligen Verletzungszeichen. Wie alt mochte der Mann sein? Dreißig? Vierzig vielleicht? Er war deutlich adipös, selbst für einen gestandenen Franken. Wenn es denn ein fränkischer Teufel war.

»Ist okay«, sagte Mütze. »Ihr könnt ihm jetzt den Saft abdrehen.«

Die drei Männer von der Spusi sahen sich gegenseitig an und zögerten. Ein jeder schien dem anderen den Vortritt lassen zu wollen. Die beiden Kraxler waren plötzlich sehr beschäftigt, sich von ihren Gurten zu befreien. Gößwein seufzte, zog Plastikhandschuhe über und kniete sich zur Leiche nieder. Kaum aber hatte er den Phallus berührt, begann das Plastikding laut zu vibrieren. Gößwein fuhr erschrocken zurück, Mütze und die Kraxler bogen sich vor Lachen.

»Na, das ist wirklich ein starkes Stück«, bemerkte Mütze trocken, worauf die beiden Kraxler erneut losprusteten.

Keiner hatte mehr Lust, einen neuen Abstellversuch zu wagen. Egal, sollte das Ding nur weiterblinken, irgendwann würde es seinen letzten Blinker getan haben. Bei der Leiche fanden sie keinerlei Papiere, auch kein Smartphone oder einen anderen Gegenstand, der ihnen bei der Identifizierung des Toten geholfen hätte.

Mütze griff zu seinem Handy und rief Big-Chip an.

»Gibt es schon eine Vermisstenmeldung?«

»Bislang noch nicht.«

»Okay, halt mich auf dem Laufenden.«

Big-Chip war sein Partner. Also beruflich. Gab's einen Mord, bildeten sie das Ermittlerteam. Mütze war glücklich, Big-Chip zu haben. In seiner nüchternen, stets äußerst gründlichen Art war er unbezahlbar. Zudem hatte er meist gute Laune, außer der Club hatte mal wieder eine Partie vergeigt, was gelegentlich vorkam. »Big-Chip« wurde er wegen seiner phänomenalen Computerkenntnisse genannt, er beherrschte alle Tricks und kletterte wie eine Spinne durch das virtuelle Netz. Er hätte glatt bei der NSA anheuern können.

Mütze sah sich um. Eine fantastische Sicht hatte man vom Plateau des Tafelbergs, ungehindert ging der Blick über einen fröhlich-bunten Flickenteppich von Feldern und Blumenwiesen. Ringsherum blühten Kirschbäume und Weißdornhecken, kleine, malerische Dörfer schmiegten sich in die Täler, ein Flüsschen mäanderte silbern durch die frühlingsfrischen Wiesen, flankiert von einer einspurigen Bahnstrecke, die von hier oben aussah, als stamme sie aus der Produktion der Firma Märklin. Im Norden schoben sich grüne Hügelketten übereinander, und ganz hinten in der Ferne, dicht über dem Horizont, sah man vier Turmspitzen aus dem Morgendunst ragen.

»Der Bamberger Dom«, sagte Gößwein, der aus der Gegend stammte. »Und da hinten im Süden liegt Erlangen. Siehst du das hohe, blasse Kästchen? Das ist der Lange Johann, das höchste Wohnhaus Bayerns. Gewerkschaftsbau, ehemals Neue Heimat, der ganze Laden ist für eine D-Mark verscherbelt worden.«

Mütze nickte. Er kannte den Wolkenkratzer gut. Dann wandte er sich um und schaute über die Hochfläche, die den Zeugenberg krönte. In sanftem Schwung zogen sich sattgrüne Wiesen von der einen Seite des Plateaus zur gegenüberliegenden, eine Fläche von fünf, sechs Fußballfeldern vielleicht, in deren Mitte die kleine steinerne Kapelle stand, mit einer seltsamen Bronzedame vor dem Eingang. Überall verteilt waren schwarze Aschehaufen zu sehen, aus denen noch ein dünner, bläulicher Rauch in den kühlen Maihimmel stieg. Die verloschenen Hexenfeuer.

»Jedes Jahr das Gleiche, Sie müssen mal am nächsten Wochenende kommen. Am ersten Maiwochenende wird hier oben immer eine Kirchweih gefeiert, die müssen Sie erleben, die ist wirklich speziell. Aber schon gestern hat auf dem Berg der Bär getobt, 30. April, Walpurgisnacht, Sie wissen schon. Das Walberla ist unser heiliger Berg, der fränkische Blocksberg«, meinte Gößwein.

»Walberla?«

»Die Kapelle ist der heiligen Walburga geweiht, daher der Name. Hochdeutsch ›Walburgisberglein‹, fränkisch ›Walberla‹. Walburga war eine frühe Missionarin aus England, die uns Franken zum christlichen Glauben bekehren wollte, was ihr zum Teil sogar gelungen sein soll. Dennoch halten viele Menschen an manch heidnischen Bräuchen fest, so auch in der Walpurgisnacht. Vor allem junge Leute kommen dann hierher, haben einen Spaß daran, sich zu verkleiden und durch die Feuer zu springen.«

»Und sich vom Felsen zu schubsen.«

»Kann mich nicht entsinnen, dass hier vorher jemals was Ernsthaftes passiert ist.«

Mütze kniete sich neben dem Toten nieder. Der Kopf sah wirklich übel aus. Wahrscheinlich hatte der Schädelbruch den Tod herbeigeführt. Aber ob es sich um einen Mord handelte? Vielleicht war es auch nur ein Unfall gewesen. Der Mann hatte kräftig gebechert, ihn hatte die Blase gedrückt, und er hatte sich etwas Erleichterung verschaffen wollen. Zu diesem Zweck war er an die Felskante getreten und hatte das Gleichgewicht verloren. Sein Hosenstall unterhalb des umgebundenen Leuchtturms jedenfalls stand noch offen, das könnte passen.

»Es hat auch schon Selbstmorde an dieser Stelle gegeben«, sagte Gößwein. »Einmal ist ein Oberarzt von der Erlanger Uniklinik hier rauf und hat sich runtergestürzt. War sofort tot.«

Mütze schüttelte den Kopf. Selbstmord? Unwahrscheinlich.

»Würdest du dir ein Teufelsgewand überziehen und dir solch ein Spielzeug umbinden, wenn du dich umbringen willst?«

Gößwein bemühte sich, seine Bemerkung zu rechtfertigen: »Vielleicht war es kein geplanter Suizid, vielleicht war es ein spontaner Akt. Vielleicht hat ihn seine Freundin ausgelacht und sich einen anderen geschnappt.«

»Hm«, brummte Mütze.

Er glaubte nicht daran. Er wollte einfach nicht daran glauben. Nicht an Selbstmord, nein, und auch nicht an einen Unfall. Mordfälle waren in diesen friedlichen Gegenden einfach zu selten. Wie hatte Big-Chip ihm das Lebensmotto der Franken beschrieben? »Leben und leben lassen!« Klang hübsch, war aber für einen leidenschaftlichen Ermittler einfach nur deprimierend. Wenn alle so dächten. »Leben lassen!« Nein, Mütze wollte seinen Mordfall haben und war überzeugt: Diesen Teufel hatte ihm der Himmel geschickt.

Es dauerte quälend lange, bis er mit seinem Manta endlich die Polizeiinspektion erreichte. Ganz Erlangen schien sich aufs Rad geschwungen zu haben und war in der Stadt unterwegs. »Rädli« nannte sich die Aktion am Tag der Arbeit. Konnten die Erlanger nicht wenigstens an einem Feiertag vom Sattel steigen? Jede Sekunde tauchte irgendwo ein Drahtesel vor dem Auto auf, man musste höllisch aufpassen, sie fuhren kreuz und quer, egal in welcher Richtung, im Pulk, sich dabei unterhaltend, mit dem Smartphone am Ohr oder gar auf ihm herumwischend. Manche fuhren zu allem Überfluss auf tiefergelegten Liegerädern, was äußerst seltsam aussah. Karl-Dieter hatte ihn überreden wollen, ebenfalls aufs Rad umzusteigen, das sei doch so gesund und zudem ein Beitrag für die Umwelt. – »Radfahren? Nie im Leben!«, hatte Mütze protestiert. Wie sah denn das aus, ein Bulle auf einem klapprigen Fahrrad? Ein Dienstrad nahm er nur im äußersten Notfall.

Mütze parkte den Manta neben dem Eingang der Inspektion, eines nüchternen Zweckbaus, den sie nur »den Kasten« nannten, und sprang die Treppen hoch zur Kripoetage.

»Georg Regenfuß«, sagte Big-Chip, »wohnt nicht weit weg, in Möhrendorf. Die Ruudslöffl haben angerufen und ihren Freund als vermisst gemeldet. Klangen ziemlich aufgeregt.«

»Die Ruudslöffl?«

»Die Stammtischbrüder des Opfers. Waren wie immer um zwölf Uhr beim *Reck* in Karottenvillage verabredet, sie klopfen dort jeden Sonn- und Feiertag die Karten. Als ihr ›Gerchla‹ nicht gekommen ist, haben sie versucht, ihn anzurufen. Vergeblich, er ging nicht an sein Handy. Daraufhin haben sie eine Vermisstenmeldung aufgegeben.«

Mütze blickte skeptisch.

»Weil jemand nicht zum Schafkopfspielen kommt, ruft man doch nicht die Polizei an.«

»Du kennst uns Franken schlecht«, lachte Big-Chip, »eher vergisst ein fränkisches Urgestein seinen Hochzeitstag als eine Schafkopfpartie.«

»Personenbeschreibung?«

»Dreiundvierzig. Gestandenes Mannsbild.«

»Könnte passen. Haben wir ein Foto?«

»Schon unterwegs.«

Big-Chip deutete auf den Bildschirm seines Computers, neben dem ein Fähnchen des 1. FC Nürnberg hing. Auf Halbmast, was nichts Gutes verhieß.

»Aha, hier haben wir ihn schon! Von der Schafkopfrunde beim *Reck* frisch auf den Schirm.«

Mütze trat hinter Big-Chip und betrachtete das leicht unscharfe Bild. Wahrscheinlich mit einem Handy aufgenommen. Die Qualität war hundsmiserabel, dennoch gab es für Mütze keine Zweifel: Der Mann in der Mitte war der tote Teufel! Irrtum ausgeschlossen. Mit breitem Lachen saß er zwischen zwei anderen Männern am Wirtshaustisch, offensichtlich beim Kartenspiel.

»Ruf die Herren an. Sie sollen warten. Der vierte Mann kommt sofort!«

Keine Viertelstunde später rollte der Manta beim *Reck* vor. Der Möhrendorfer Gasthof lag idyllisch an einem baumbestandenen Karpfenweiher, das Wetter war freundlich, man hatte bereits draußen bestuhlt und warb mit frischem Morgentau-Spargel. An einigen Tischen saßen junge Männer, die altmodische Schirmmützen und farbige Schärpen trugen, wohl Studenten einer Verbindung. Mütze eilte in die Wirtsstube.

»Die Ruudslöffl?«

Die etwas verwirrt dreinblickende und auffallend blasse Kellnerin deutete zu einem Ecktisch, an dem drei wunderbar gerundete Männer schweigend vor ihren Krügen hockten. Mütze bedankte sich und ging zu den Herren hinüber.

Die drei mochten allesamt Ende dreißig sein, wirkten aber deutlich jünger. Ob das an den vollen Gesichtern lag? Einer trug ein schwarzes T-Shirt mit dem kryptischen Aufdruck »Also su wos!«, die beiden anderen Sweatshirts in verblichenem Grau, auf denen »Ruudslöffl 2003« zu lesen war. Der Rechte hatte eine Brille auf der Nase, deren Bügel aussahen, als hätte sie eine Hamsterfamilie bearbeitet.

»Mütze, Kriminalpolizei. Darf ich mich setzen?«

»Die Gribbo«, entfuhr es dem Mann mit dem schwarzen T-Shirt.

»Die Gribbo«, entfuhr es auch seinen Freunden.

»Ja, natürlich, weshalb erstaunt Sie das, meine Herren? Sie haben uns doch gerufen.«

»Aber doch nedd die Gribbo, nur die normale Bolizei.«

»Meine Herren, leider ist tatsächlich eine ernste Angelegenheit daraus geworden.«

»Allmächd! Dem Gerch wird doch nix bassierdd sein?«, stammelte der Mann im schwarzen T-Shirt und wurde blass.

»Meine Herren, können Sie mir sagen, mit wem ich es zu tun habe?«

»Ich bin der Robert«, antwortete der T-Shirt-Träger.

»Und ich der Hermann.«

»Und ich der Josef«, sagte der Mann mit der abgenagten Brille.

Mütze ließ sich noch die Familiennamen nennen und schrieb alles in sein Notizbuch.

»Können Sie mir sagen, wie ich die Angehörigen von Herrn Regenfuß erreiche?«

Verlegen sahen sich die Männer an, kratzten sich am Kopf und schienen überlegen zu müssen. Dann zuckten sie mit den Schultern.

»Ang'öriche? Also, Ang'öriche hat der Gerch nedd«, bemerkte Robert vorsichtig und wandte sich an seine Kumpane, »nedd woar?«

»Naa, Ang'öriche vom Georg sind uns nedd bekannt«, ergänzte Hermann.

»Naa«, stellte nun auch der Josef fest, »der Gerch hadd niemand.«

»Außer uns«, schluckte Robert.

»Keine Frau? Kinder? Eltern? Andere Verwandte?« Ungeduldig klopfte Mütze mit dem Kuli auf die Tischplatte. Die drei waren offenbar nicht die Schnellsten.

»Niemand auf dea ganzn Weldd. Der Gerch hadd nur uns«, sagte Hermann.

»Nur uns allaa«, bestätigten seine Kumpel und nickten betrübt dazu.

Keine Minute später fuhr der Manta weiter, mächtig ließ der Kommissar den Kies aufspritzen, auf der Rückbank die drei Ruudslöffl. Keine Angehörigen? Da hatte Mütze die drei Stammtischler kurzerhand ins Auto geladen. Wer kannte Regenfuß denn besser? Ab ging's nach Erlangen zur Rechtsmedizin. Der Manta ächzte, ja er schleifte mit der hinteren chromblitzenden Stoßstange fast über den Asphalt. Brachte jeder der drei Ruudslöffl bereits ein hübsches Gewicht auf die Waage, brachen sie zusammen alle Rekorde. Wie blasse Riesenbabys hatten sie an ihrem Stammtisch gesessen, schüchtern hatten sie noch erfahren wollen, wohin es denn gehe. Mütze aber hatte sich lieber bedeckt gehalten. Lediglich eine kleine Auskunft würde man sich von den Herren erbitten, nichts weiter.

Die Erlanger Rechtsmedizin war ein imposantes Gebäude, stolzeste Gründerzeit. Ehemals hatte sich hier der Schlossgarten erstreckt; im Vernichten von Grünflächen waren schon frühere Generationen der Hugenottenstadt äußerst erfolgreich gewesen, auf diese Tradition setzte man weiter. Was sollte man auch machen? Die Stadt platzte aus allen Nähten.

Per Handy hatte Mütze Big-Chip noch hinzugebeten. Der tote Teufel lag bereits auf dem Seziertisch, als die Männer den hell ausgeleuchteten Kellerraum betraten, die Ruudslöffl folgten Mütze nur sehr zögerlich. Sie schienen zu ahnen, dass dies ein Besuch der unangenehmen Sorte war. Die Sektion hatte noch nicht begonnen, weil man auf den Professor wartete, der auf dem Galaball der Universität in den Mai getanzt war und sich erst verkatert aus dem Bett wälzen musste. Eilig hatte der alte Sektionsdiener noch ein Leichentuch über den Tisch geworfen, bevor Mütze, Big-Chip und die drei leichenblassen Ruudslöffl den Saal betraten. Mütze schritt zügig an das Ende des Stahltisches und warf das Tuch entschlossen wie ein Torero zurück, sodass man den Kopf des Toten sehen konnte. Die drei Stammtischbrüder aber bekamen das gar nicht richtig mit. Sie starrten wie gebannt auf die Mitte des Tuches, wo etwas verdächtig in die Höhe ragte und dabei rote Blinksignale von sich gab, die selbst durch das Leinen noch deutlich zu erkennen waren.

»Meine Herren, darf ich Ihre Aufmerksamkeit auf das Gesicht des Toten lenken?«

Nun erst wandten sich die Ruudslöffl dem Kopfende zu.

»Allmächd«, entfuhr es ihnen im Chor.

»Erkennen Sie den Mann?«

Das Trio nickte mit aufgerissenen Mündern.

»Ist das Ihr Freund Georg Regenfuß?«, fragte Mütze.

Erneut kollektives Nicken.

»Sind Sie sicher?«

»Des is der Gerch!«, stöhnte es. »Ganz sicher.«

Mütze schlug das Tuch wieder zurück.

»Pflegte sich Herr Regenfuß häufiger als Teufel zu verkleiden?«

Mit verängstigtem Blick hatten sich die Ruudslöffl wieder der blinkenden Erhöhung in der Körpermitte zugewandt und schienen die Frage nicht mitbekommen zu haben. Mütze beschloss, die Vernehmung lieber außerhalb des Seziersaals fortzusetzen, worüber die drei Schafkopfbrüder sichtlich erleichtert waren. Gemeinsam fuhren sie zur Inspektion.

Mütze rieb sich das Gesicht, als die drei wieder gegangen waren. Wie grausam unergiebig war die Vernehmung gewesen! Und zäh, verdammt zäh. Jedes Wort hatte man den Ruudslöffln aus der Nase ziehen müssen. Keiner hatte von nichts eine Ahnung gehabt. Keiner hatte gewusst, dass Regenfuß aufs Walberla wollte, keiner hatte auch nur die leiseste Idee, mit wem er sich da oben getroffen haben könnte. – A Maadla? Des Gerchla? Nicht dass sie wüssten. Warum denn auch? – Freunde? Außer ihnen keine. – Was sie in der Walpurgisnacht gemacht hätten? Zu dritt einen Kasten Kitzmann geleert und dabei FIFA-2000 gedaddelt, der Gerch habe darauf keine Lust gehabt. – Arbeitskollegen? Ebenfalls Fehlanzeige. Regenfuß sei selbstständiger Fuhrunternehmer, klassischer Ein-Mann-Betrieb. Mit seinem alten Laster »dransbordiere« er alles, was in seine Kiste passe, Spargelpaletten, leere Kartonagen, Dämmplatten und anderes Baumaterial. Was gerade so gefragt war. Dann und wann fahre er auch mal einen Umzug. Viel zu tun habe er nicht. Regenfuß wohne ganz allein in einem alten Haus am Rand von Möhrendorf. Seinen Laster habe er meist direkt vor seiner kleinen Hütte geparkt. Von seinen Touren erzähle er nicht viel. – Wie war's? Bassd scho! – Meistens fahre er nicht weit. Ein paarmal sei er rüber nach Tschechien, ein einziges Mal bis nach Frankreich. Nie wieder, habe er gemeint und über das Bier geschimpft. Die Plörre dort könne man nicht trinken. Jeden Sonntagnachmittag treffe man sich zum Schafkopfen, immer beim *Reck*. Auch an Feiertagen wie heute. Ein echter Stammtisch eben. Den Gewinn stecke man stets in ein Sparschwein und gönne sich davon im Sommer ein Fässchen und ein Spanferkel. Bei der Vorstellung, das Schwein dieses Jahr ohne Georg Regenfuß verputzen zu müssen, schienen die drei den Tod des Freundes erstmals zu realisieren, jedenfalls fingen sie plötzlich an, sich mit ihren kräftigen Handrücken über die Augen zu wischen und zu schniefen, und stammelten dabei »Ach, Gerch, du arme Sau!« und was der Abschiedsworte mehr waren.

»Was ist mit dem Handy des Toten?«, wollte Mütze von Big-Chip wissen.

»Ausgeschaltet. Lässt sich nicht orten. Die Anfrage bei der Telefongesellschaft hat ergeben, dass er in den letzten zwei Tagen, die gespeichert worden sind, kein einziges Telefonat geführt hat.«

»Dann schauen wir uns jetzt seine Wohnung an!«, rief Mütze Big-Chip zu.

Schwungvoll warf er sich seine Schimanskijacke über, als sein Handy zu singen begann: »Olé, Be-Vau-Behe, olé-olé ...«

»Mist, Karl-Dieter«, brummte Mütze beim Blick aufs Display und ging dran. »Mann, tut mir leid, wirklich leid ... eine Leiche, du verstehst ... nein, wird leider nichts mit dem Mittagessen ... Oh Mann, wirklich schade ... bestimmt schmeckt er auch später noch ... ich muss jetzt hier weitermachen, ich meld mich ... erzähl ich dir alles am Abend!«

»Gibt's Ärger?«, fragte Big-Chip teilnahmsvoll.

»Au Backe, hab glatt vergessen, dass Karl-Dieter heute ein Mittagessen kocht.«

»Hoffentlich verpasst du kein Schäufele.«

»Nee, nur bleiche Spargelstangen«, grinste Mütze.

Das Haus von Regenfuß konnte man tatsächlich nur eine Hütte nennen. Alt und windschief stand es am Ende einer holprigen Straße, die wohl noch zu Möhrendorf gehörte und deren kümmerliche Fortsetzung sich in der Regnitzau mehr und mehr auflöste. Zum Fluss war es nicht weit. Durch die Weiden der Uferböschung konnte man ein mannshohes Holzrad erkennen, das sich gemächlich drehte. Mit Eimern schöpfte es Wasser aus der Regnitz und goss es in eine Rinne, die es weiter zu den grünen Wiesen schickte. Nette Gegend, aber ziemlich einsam. Mütze und Big-Chip sahen sich um. Kein Lastwagen war zu sehen, dennoch, da war sich Mütze sicher, standen sie vor dem richtigen Haus. An der Eingangstür war kein Name angebracht, auch war keine Klingel zu sehen. Mütze drückte die Klinke hinunter. Verschlossen. Big-Chip zog seinen Vereinsausweis hervor, die kleine rote Plastikkarte des 1. FC Nürnberg, zog sie einmal energisch durch den Türspalt, und ruckzuck sprang die Tür auf.

»Der Club macht's möglich«, grinste Big-Chip.

Als sie den schmalen Hausflur betraten, schlug ihnen ein so eigenartiger Geruch entgegen, wie ihn wohl nur eine Junggesellenwohnung absondern kann. Vom Flur ging's direkt in die Küche. Auf der Arbeitsfläche hatte sich eine Mannschaft von leeren Erasco-Dosen zu einem Abschiedsmatch versammelt, aufgestapelte Pizzakartons verrieten zudem den Freund südlicher Genüsse. Auch im Wohnzimmer, das sich an die Küche anschloss, sah es chaotisch aus, erst recht im

Schlafzimmer, dem letzten Raum des kleinen Hauses. Leere Bierflaschen überall, aufgerissene Kartoffelchipstüten und anderer Müll. Bei all dem Durcheinander stach die einzige aufgeräumte Fläche ins Auge, ein kleiner hölzerner Tisch im Wohnzimmer. Mütze trat näher. Ein Kabel mit zwischengeschaltetem Akku und ein Internetkabel ringelten sich unter dem Tisch. Offensichtlich hatte hier ein Laptop gestanden, die staubigen Ränder auf dem Tisch verrieten sogar dessen genaue Größe. Wo aber war das Teil geblieben? Mütze sah sich um. Nichts Überflüssiges schmückte die Wohnung, kein Bild, kein Foto, keine Zimmerpflanze, nur ein einsames Geweih grüßte von der Wand. Regenfuß schien sich auf das Wesentliche konzentriert zu haben, einen Fernseher im XXL-Format und eine Stereoanlage mit kleiderschrankgroßen Boxen, auf denen eine dicke Staubschicht lag. Beeindruckend war die riesige CD-Sammlung, die sich auf vier hohe Ständer verteilte. Mütze zückte sein Handy.

»Gößwein? Arbeit für dich! Habt ihr auf dem Waldberglein noch was gefunden? … Walberla, sag ich doch … Nichts? Sind die Kraxler nochmals unten gewesen? Unten im Fels? Ebenfalls Fehlanzeige? Okay, dann nehmt euch jetzt mal Regenfuß' Wohnung vor … Möhrendorf, Wiesenweg 39 … Ach ja, und noch was«, Mütze öffnete seinen Notizblock, »haltet unten am Fuß des Berges noch mal auf den Parkplätzen Ausschau … alter Lkw, so einer mit Schnauze, weißt schon … ein Magirus-Deutz, ERH-Kennzeichen … dreckigweiß … soll auf der einen Seite eine verwaschene Aufschrift tragen: *Frankenstolz* … Okay? Bis später!«

Mütze sah sich noch mal um. Der leere Platz auf dem Holztisch beschäftigte ihn. Wo war der Laptop? Zum Tanz auf dem Blocksberg nahm man doch keinen Laptop mit. Ob das Ding im Laster war?

»Vielleicht hat ihn jemand mitgehen lassen«, meinte Big-Chip.

»Möglich«, brummte Mütze.

Der Mörder könnte sich den Haustürschlüssel des Toten geschnappt haben und damit hierhergefahren sein. Könnte. Wenn es denn ein Mord gewesen war. Was aber wäre wohl auf dem Laptop eines Teufels zu finden?

»Auf zur Rechtsmedizin!«

Professor Kurt Krautwurst war ein guter Bekannter von Mütze. Vorletztes Frühjahr, Mütze war gerade ein halbes Jahr in Erlangen gewesen, hatte auf seinem Seziertisch Hochkonjunktur geherrscht. Drei Tote innerhalb weniger Tage. Das war eine Sache gewesen! Der Fall Rückert. Glücklicherweise hatten sie den Täter schnappen können, bevor ein vierter Mann zu sezieren war. Mütze fröstelte es immer noch, wenn er daran dachte, und das, obwohl er nicht gerade zartbesaitet war. Denn der vierte Mann wäre um ein Haar Karl-Dieter gewesen. Liebe machte verletzlich. Der Fall Rückert hatte damals hohe Wellen geschlagen. Seit fast zwei Jahren aber herrschte Ruhe. Wäre nicht die Wasserleiche bei ihrem letzten Sommerurlaub auf Spiekeroog gewesen, die Langeweile hätte ihn umgebracht. Nicht den kleinsten verdächtigen Toten hatte es seitdem gegeben, niemanden, bei dem man einen Mord wittern konnte, und Mütze hatte wieder Fahrraddiebe jagen dürfen. Da kam ihm der tote Teufel gerade recht.

»Mord?«, fragte Mütze erwartungsfroh, als er mit Big-Chip den Seziersaal betrat.

»Bedaure«, erwiderte Krautwurst, der Mützes Leidenschaft kannte, »nichts, was darauf hindeuten würde.«

Krautwurst war ein Genie unter den Pathologen. Beim letzten Jahreskongress erst hatte er für Furore gesorgt.

Ihm war es gelungen, den Todeszeitpunkt aufgefundener Leichen noch exakter zu bestimmen, und zwar mithilfe des Ohrenschmalzes. Mit einer raffinierten Methode hatte er den Grad von dessen Ranzigkeit analysiert, der direkt mit der seit dem Ableben verstrichenen Zeitspanne korrelierte. Nun stand der grauhaarige Weißkittel neben der nackten Leiche, deren eindrucksvolle Speckrollen im grellen Neonlicht leuchteten. Daneben lagen auf einem stählernen Rolltisch die Teufelshörner, das Teufelsgewand und auch der Teufelsdildo, der allerdings nur noch letzte mickrige Lichtsignale von sich gab.

»Sehen Sie«, sagte der Rechtsmediziner und zog dem Toten mit einem geschickten Griff den Skalp in den Nacken, sodass der nackte Schädelknochen sichtbar wurde. »Trümmerbruch der linken Parietalplatte.«

Krautwurst hob den eingeschlagenen Schädelknochen vom Gehirn wie den Deckel von einer Suppenschüssel. Kein schöner Anblick. Auch dem medizinischen Laien konnte die massive Blutung im linken Teil der Großhirnwindungen nicht entgehen, geronnene Fetzen, welche die gräuliche Substanz befleckten. Das Gehirn des Menschen konnte durchaus hübsch aussehen, nicht aber in diesem Zustand.

»Exitus«, sagte der Professor, »sofortiger Tod durch Hirnblutung. Selbst wenn der Mann den Sturz überlebt hätte, würde er uns nicht mehr verraten können, mit wem er durchs Feuer gesprungen ist. Keinerlei Hinweise auf Fremdeinwirkung, keine Kampfspuren, keine Verletzungszeichen, die nicht durch den Felssturz erklärbar wären. Alles deutet auf einen Unfall hin, die zahlreichen Schürfwunden stammen vom Sturz. Unsere erste Blutuntersuchung ergab 1,3 Promille, nicht besonders viel, zumal in Oberfranken, aber genug, um in der Nacht zu stolpern.«

Krautwurst ging zu einem Regal und holte ein gefülltes Einweckglas hervor, in dem eine bräunliche, leicht schaumige Flüssigkeit schwappte. Sah aus wie Linsensuppe. Er bewegte das Glas im Kreis, die Linsensuppe begann träge zu rotieren. »Die chemische Analyse steht noch aus. Meine Geruchsprobe ergibt jedoch einen klaren Verdacht auf Sekt. Keinen der ganz billigen Sorte, könnte sich durchaus um einen fränkischen Rieslingsekt aus der Ecke um Nordheim handeln.«

Prüfend nahm er den Deckel vom Glas, schloss die Augen und schnupperte erneut.

»Nein, Blödsinn, ich korrigiere, nicht aus Nordheim, wie komme ich denn darauf? Eher aus Escherndorf, jawohl, ein Lump, ein Escherndorfer Lump! Vermutlich Jahrgang 2012. Ein gutes Weinjahr und eine hervorragende Lage.«

Mütze hob die Brauen. Ein Rechtsmediziner von diesem Scharfsinn war so selten wie ein BVB-Fan in Herne-West. »Eine echte Konifere«, wie Big-Chip zu sagen pflegte.

»Wollen Sie auch mal?«, fragte der Professor und hielt Mütze auffordernd das Einweckglas hin. Mütze lehnte dankend ab. Mit Rebensäften kenne er sich nicht aus, er sei Biertrinker.

»Natürlich«, lachte Krautwurst, »ich vergaß, Sie kommen ja aus Dortmund.«

»Wissen wir schon was über den Todeszeitpunkt?«

»Ich warte noch auf die Durchgabe der genauen klimatologischen Daten vom Walberla. Muss zwischen 20 Uhr und 3 Uhr passiert sein. Ergibt der Vergleich zwischen der Körperkerntemperatur und den peripheren Messungen. Werden wir also noch genauer sagen können.«

»Was ist mit der Kleidung?«, fragte Mütze und deutete auf den Rolltisch.

»Die Teufelshose stand offen und war im Schritt durchfeuchtet. Auch die Unterhose ist hyperhydriert. Spricht für die Unfallhypothese. Luzifer wollte austreten, einen kleinen Wasserfall den Fels hinabschicken, und ist dabei gestolpert. Ein kleiner, unvorsichtiger Schritt und pfiffff ... Die nasse Hose könnte aber auch einen anderen Grund haben.«

»Welchen?«

»Einnässen als Schreckreaktion, Reflex im Finalstadium. ›Engleinwässern‹ heißt das im Jargon.«

»Finalstadium? Also erst nach dem Sturz?«

»So ist es. Oder auch während des Sturzes.«

Mütze atmete erleichtert durch. Also musste es nicht zwingend ein Unfall sein.

»Hatte er etwas bei sich, das uns entgangen wäre?«

»Nichts«, sagte der Professor.

»Keinen Schlüssel, keine Geldbörse, kein Handy?«

»Weder noch. Eine simple Armbanduhr, das war's.«

Der Professor griff nach dem Aldi-Modell.

»Leider nicht zerschlagen. Sonst wüssten wir den Todeszeitpunkt auf die Minute. Aldi ist besser als sein Ruf.«

Karl-Dieter schien nicht böse zu sein, dass Mütze erst spät nach Hause kam. Der Spargel sei zwar kalt geworden, dafür habe er einen hervorragenden Spargelsalat daraus gezaubert. Geheimrezept von Frau Gumbrecht, ihrer netten alten Nachbarin. Mit Schnittlauch und Olivenöl, ein Gedicht!

Mütze setzte sich an den kleinen Tisch ihrer gemütlichen Kosbacher Wohnung. Den ganzen Tag hatte er noch nichts gegessen, jetzt spürte er, wie sein Magen knurrte. Hungrig lud er sich einen Spargelberg auf den Teller und packte noch vier Scheiben Saftschinken darauf. Wenigstens etwas Fleisch! Karl-Dieter war schon fast zum Vegetarier mutiert, selbst Schäufele stand kaum noch auf der Speisekarte. Der Freund hatte sein Mitleid mit den armen Tieren entdeckt.

»Man soll nichts essen, was zwei Augen hat«, pflegte er nun immer häufiger zu sagen.

»Mit dem Steak eines einäugigen Rindviechs bin ich völlig zufrieden«, antwortete Mütze darauf gerne.

Nachdem er sich noch rasch den letzten Rest aus der Salatschüssel gesichert hatte, begann Karl-Dieter vorsichtig nach dem Toten zu fragen. Mütze hatte sich fest vorgenommen, Karl-Dieter dieses Mal nichts zu erzählen. Oder doch nur das, was ohnehin in den Zeitungen stand. Mütze war aus Erfahrung klug geworden. Alle Versprechen hatten nicht gefruchtet, Karl-Dieter mischte sich immer wieder aufs Neue ein. Wohin das führte, hatte zuletzt der Fall Rückert gezeigt. Um ein Haar hätte Karl-Dieter sein Leben in der Coburger Bibliothek ausgehaucht. Wenn Mütze nur eine Minute später gekommen wäre, wäre er jetzt Witwer. Sozusagen. Nein, nein, es war besser so. Schuster, bleib bei deinen Leisten! Karl-Dieter war Kulissenbauer im Theater Erlangen und er der Kommissar. So war es, und so sollte es bleiben. Er kam ja auch nicht auf die Idee, Auerbachs Keller auf die Bühne zu stellen.

Karl-Dieter versuchte, sich nicht anmerken zu lassen, dass ihn die dürftigen Informationen nicht befriedigten. Bei Mütze musste man die richtige Gelegenheit abpassen, dann würde er schon wieder lockerer werden. Ihn nur nicht bedrängen. Das brachte überhaupt nichts. Dennoch konnte er sich eine Bemerkung nicht verkneifen: »Wenn Mickey noch leben würde, wüssten wir, ob's tatsächlich Mord gewesen ist.«

Mütze wischte sich ärgerlich die Salatsoße vom Mund. Wieder dieser versteckte Vorwurf, wann hörte das endlich auf? Er hatte sich doch schon tausendmal dafür entschuldigt, es war ein Versehen gewesen, eine Verkettung unglücklicher Umstände. Drei Monate war das nun schon her, dennoch fing Karl-Dieter ständig davon an. Karl-Dieter und sein Wellensittich! Bloß weil der seltsame Vogel am Tag, als der Rückertmörder zugeschlagen hatte, eine Riesenwelle an seiner Stange gemacht hatte, glaubte Karl-Dieter nun an Telepathie. Als könnte so ein Vögelchen Mordtaten riechen!

Karl-Dieter spürte die Verstimmung und versuchte, wieder gut Wetter zu machen.

»Vielleicht könnten wir am Wochenende auf das Fest gehen.«

»Auf welches Fest?«

»Na, auf das Walberlafest!«

Richtig. Gößwein hatte ja gemeint, am Wochenende nach dem 1. Mai würde es dort oben richtig rundgehen, das höchstgelegene Bierfest Frankens, auf dem Gipfel dieses seltsamen Berges. »Typisch Franken«, schmunzelte Mütze, »selbst für ihren bedeutendsten Berg benutzen sie die Verkleinerungsform. Vermutlich würden sie aus der Zugspitze, so sie in Franken aus dem Boden wüchse, ein Zugspitzla machen.«

»Ist doch sympathisch«, sagte Karl-Dieter. »Also, fahren wir hin?«

Mütze wollte Karl-Dieter nichts versprechen, gab sich aber versöhnlich. Lange konnte er Karl-Dieter eh nicht böse sein. Er hatte ihm nach Mickeys tragischem Dahinscheiden sofort einen neuen Vogel versprochen, Karl-Dieter aber war der Ansicht gewesen, man könne nicht das eine Lebewesen durch ein anderes ersetzen. Jedenfalls nicht sofort. Erst müsse Trauerarbeit geleistet werden. Die Trauerarbeit sah so aus, dass Karl-Dieter den leeren Vogelkäfig einfach hängen ließ, was Mütze wiederum nicht passte. Gab es einen tristeren Anblick als einen leeren Vogelbauer? Zumal, wenn man am Ableben des Bewohners nicht ganz schuldlos war? Manchmal strich Karl-Dieter seufzend über die Gitterstäbe und brachte sie zum Klingen, als wolle er dem toten Freund noch einen letzten Gruß hinterherschicken. Auch zu dem kleinen Grab am Karpfenweiher pilgerte er gelegentlich und streute ein paar Löffelchen von dem noch übrig gebliebenen Vogelfutter aus. Wenn's Mickey nicht mehr aufpicken könne, so doch seine gefiederten Freunde. Schon die alten Germanen hätten ihren Toten essbare Grabbeigaben für das Jenseits mit auf den Weg gegeben. – Für das Jenseits! Karl-Dieter hatte echt Seele, stellte Mütze wieder einmal fest. Auch wenn ihm selbst die romantische Ader komplett fehlte und ihm Karl-Dieters ausgedehnte Trauerarbeit ziemlich auf den Keks ging, im Grunde war doch alles gut so. »Wir sind Yin und Yang«, sagte Karl-Dieter in vertrauten Stunden manchmal, worauf Mütze zustimmend nickte. Besser als Dick und Doof, dachte er sich dann jedes Mal, wagte aber nicht, es auszusprechen. Beim verstecktesten Hinweis auf seine Figur reagierte Karl-Dieter höchst empfindlich. Dabei war er gar nicht dick, nur an den Hüften etwas moppelig. Aber selbst das wagte Mütze nicht zu erwähnen. Jedenfalls kein zweites Mal.

»Bis morgen!«, hatte Karl-Dieter gesagt und ihm dabei konspirativ zugezwinkert, dann war er zu Bett gegangen. Mütze machte noch einen kleinen Spaziergang durch das nächtliche Kosbach. Draußen an der frischen Luft ordneten sich die Gedanken am besten. Kosbach war ein eigenständiges Dorf geblieben, obwohl es von Erlangen eingemeindet worden war und sich aus Richtung Büchenbach die Häuser bedrohlich näherschoben. In Kosbach lebten angeblich die glücklichsten Erlanger, jedenfalls hatte das eine Umfrage ergeben. Auch sie selbst fühlten sich wohl in der Peripherie. Karl-Dieter hatte gleich Anschluss gefunden, tauschte mit ihrer alten Nachbarin Kochrezepte oder beteiligte sich am Brotbacken, zu dem regelmäßig ein gemeinsamer Holzofen beim *Kosbacher Stadl* aufgeheizt wurde. Und seitdem Susi, ihre Nachbarin, ein Kind bekommen hatte, konnte Karl-Dieter auch seinen Kümmerertrieb ausleben. Vielleicht half das ein bisschen gegen die immer wieder hochschwappenden Vaterschaftswünsche. Schwule Paare waren eben schwule Paare. Das war zumindest die Meinung des Kommissars. Die Natur hatte keinen Nachwuchs für sie vorgesehen, das hatte man zu akzeptieren. Punkt.

Mütze ging den Weg hinunter zu den Karpfenweihern. Die Kosbacher waren wirklich ein besonderes Völkchen. Ein Bauer stellte Milch, Eier und Käse an die Straße, jeder, der wollte, durfte sich bedienen und steckte sein Geld ehrlich in den Kasten. Wo gab es das noch? In der Ferne glänzte der Kontrast zur dörflichen Idylle: Auf der Anhöhe von Herzogenaurach strahlte der futuristische Bau von Adidas in den Nachthimmel. Der Wettkampf der beiden Bruderkonzerne Adidas und Puma, deren Gründer die Söhne eines einfachen Schusters gewesen waren, ging auch architektonisch weiter, jeder wollte die stolzeren Bauten in die Gegend pflanzen.

Mütze war an den Weihern angekommen. Leise hörte man das Rauschen der nahen Autobahn, das nur in bestimmten Frühlingsnächten vom Konzert der Frösche übertönt wurde. Heute aber schwiegen die grünen Hüpfer, aus welchem Grund auch immer. Sie waren so stumm wie ihre Teichgenossen, die Karpfen. Anfang Mai feierten die Könige des Aischgrunds ihr größtes Fest. Vier lange Monate genossen sie nun Schonzeit, vier Monate ohne »r«: Mai, Juni, Juli, August. Dann kam der Septemberrrr und mit ihm das Karrrrpfenmorrrrden.

Apropos Mord! Es war Mord gewesen auf dem Walberla, klare Kiste! Mütze hatte dafür einen Riecher. Nur einmal hatte er danebengelegen, damals, als der Mittelstürmer des BVB spurlos verschwunden war. Das ganze Trainingsgelände hatte er auf der Suche nach der Leiche umgraben lassen, fest davon überzeugt, dass Manni ein Opfer der Wettmafia geworden war. Drei Wochen später war Manni wieder aufgetaucht, quicklebendig. Keine Gewalttat, keine Entführung, nichts. Er habe einfach Zeit gebraucht, den verschossenen Elfmeter zu verarbeiten. Alle hatten sie darüber den Kopf geschüttelt, nur Karl-Dieter hatte Manni gelobt. Dass ein Profifußballer zu seiner weichen Seite stehe, sei vorbildlich. Ach, Karl-Dieter, von Fußball verstand er so viel wie ein Karpfen vom Fliegen.

Seine schwerste Erlanger Zeit hatte Mütze im Frühjahr 2017 durchlitten, als das Bombenattentat auf den Bus seines BVB passiert war. Eine solche Wut hatte er selten verspürt. Es hätte nicht viel gefehlt, und er wäre in seinen Manta gesprungen und nach Dortmund gebraust. In einem solchen Moment nicht mitermitteln zu können, hätte ihn fast zerrissen. Gut, dass man den Täter auch ohne ihn geschnappt hatte, ja vielleicht war es sogar besser gewesen, dass er bei der Ergreifung nicht dabei gewesen war. Er hätte Kleinholz aus dem Kerl gemacht.

Plötzlich platschte es im Weiher. Ein Karpfen schien nach Luft geschnappt zu haben, glänzende Kreise glitten über das schwarze Wasser. Mütze starrte in die Dunkelheit. Ein einziges Mal, nur ein einziges Mal, hatte ihn sein Bauchgefühl im Stich gelassen, und er war einer falschen Fährte gefolgt. Dieses Mal aber war sich Mütze sicher. Hundertprozentig. Der Teufel war nicht einfach so abgestürzt. Da hatte jemand nachgeholfen. Sie hatten es mit einem Tötungsdelikt zu tun. Was waren schon 1,3 Promille für einen gestandenen Stammtischbruder? Damit konnte ein geübter Biertrinker noch gemütlich über den Dachfirst der Hugenottenkirche spazieren. Und was noch schwerer wog: Es war äußerst unwahrscheinlich, ja auszuschließen, dass Regenfuß alleine zur Walpurgisnacht gegangen war. Das ergab doch keinen Sinn. Welcher Mensch ging schon allein zu einem solchen Fest? Noch dazu im Teufelskostüm? Nein, Regenfuß muss Gesellschaft gehabt haben, das war so klar wie Klarissenschnaps. Dass Regenfuß' Schafkopfbrüdern, diesen Ruudslöffln, nichts dazu eingefallen war, was besagte das schon? Was wusste man schon wirklich von seinen Freunden, selbst den engsten? Mütze zog seinen Kragen hoch. Wusste er zum Beispiel, mit wem Big-Chip am Abend so unterwegs war? Jeder hatte doch seine Geheimnisse. Regenfuß hatte sicher seinen Grund gehabt, den Stammtischbrüdern nicht zu erzählen, mit wem er feiern gehen wollte. Wenn Regenfuß aber nicht allein auf den Berg gestiegen war, wenn er in Begleitung gewesen war, warum hatte man sein plötzliches Fehlen dann nicht bemerkt? Und nichts unternommen, um ihn zu suchen? Dafür konnte es nur einen Grund geben: Die Person, die ihn begleitet hatte, war mit dem Mörder identisch. Oder die Personen, wer weiß. Auch ein Motiv schimmerte am Horizont auf: Man hatte es auf seinen Laptop abgesehen. Irgendein Geheimnis musste darauf gespeichert sein. Nachdem sich der Mörder vergewissert hatte, dass der Teufel seinen Schlüssel nicht am Körper trug, weil er ihn anderswo deponiert hatte, vielleicht in einer Outdoorjacke, hatte er ihn unter einem Vorwand an die Felskante gelockt und ihn – zack – in die Tiefe befördert. Vielleicht hatte einer der anderen Walpurgisnachtfans ja etwas gehört. Bei einem Sturz von zehn Metern Höhe war sicher noch Zeit für einen Schrei gewesen, wenn auch nicht für einen sehr langen. Mütze musste an seinen alten Physiklehrer denken. Hätte er damals besser aufgepasst, hätte er die Flugzeit des Teufels nun sauber berechnen können. Ging es dabei nicht um diese Gravitationskonstante?

Wie auch immer, Mütze hatte Anweisung gegeben, alle Teufel und Hexen, die sich auf dem Walberla herumgetrieben hatten, ausfindig zu machen und zu befragen.

Der Kommissar rieb sich die Hände. Mal sehen, was die Spusi in der Wohnung des Toten finden würde. Die Kollegen waren zunächst noch den ganzen Tag am Berg beschäftigt gewesen, Gößwein hatte sich dafür entschuldigt. Als die Meldung sie erreichte, dass der Teufel weder Schlüssel noch Geldbeutel bei sich hatte, hätten sie angefangen, das ganze weitläufige Hochplateau abzugrasen, auch die Stelle unterhalb des Felsens. Nichts! Bis zum Einbruch der Dunkelheit habe man gearbeitet, ein letztes Viertel des Hochplateaus fehle noch. Diesen Rest nehme man sich morgen vor, gleich in der Früh. Den Laster hätten sie leider nicht gefunden, unten auf den Wanderparkplätzen von Kirchehrenbach habe keiner gestanden, und auch nicht im Ort.

Das war ein weiterer Punkt, der Mütze beschäftigte. Was war mit dem Laster? Angeblich besaß Regenfuß kein weiteres Fahrzeug. Wie war er zum Walberla gekommen, wenn nicht mit seiner auffälligen Kiste? Er hätte sich natürlich auch daheim von seinem Mörder abholen lassen können, aber dann würde der Laster ja noch vor der Tür stehen. Wenn aber Regenfuß mit dem alten Magirus-Deutz gefahren

war, warum hatten sie ihn dann noch nicht gefunden? Hatte
der Mörder nicht nur den Laptop geklaut, sondern auch seinen Lkw? Und was war in dem Laster gewesen? War er leer
oder beladen? Wer waren seine Geschäftspartner gewesen?
Fanden sich noch Unterlagen, ein Fahrtenbuch, ein Notizblock wenigstens? Morgen würde man mehr wissen.

Mütze hatte den äußersten Weiher erreicht und ging seine Runde nun wieder zurück zum Ort. An den Laternen-
pfosten hingen die gleichen Plakate wie in der Stadt, alle
Laternen Erlangens schienen nun politischen Zwecken zu
dienen. Auf den einen Plakaten stand »Rettet den Berg!«,
auf den anderen »Rettet den Berg vor der Bergkirchweih!«.
Die Erlanger waren Meister im Durchführen von Bürgerbegehren. Die aktuelle Diskussion drehte sich, wie die Slogans
verrieten, um »den Berg«, das traditionelle Volksfest zu
Pfingsten. Vielen Bürgern stank die Bergkirchweih gewal-
tig, das Fest sei verkommen zu einem unerträglichen Be-
säufnis, zwei Wochen sei die Stadt verdreckt, die Straßen
ein Scherbenmeer, Vandalismus, wohin man schaue. Das
idyllische Gelände leide massiv, viele der alten Bäume hätten irreparable Schäden erlitten, mussten schon gefällt werden. Eine Schande sei das Ganze. Die Bürgerinitiative, die
sich formiert hatte, forderte ein Zurück zum »alten Berg«.
Mütze blieb stehen und studierte ein Plakat näher: »Keine
größeren Fahrgeschäfte!« – »Musik nur noch ohne Ver-
stärker!« – »Kein Schnapsausschank!« lauteten die zentralen Forderungen. Die Bergfreunde wiederum sprachen
von Spaßverderbern und verlangten vehement das Fort-
bestehen des Volksfestes in der aktuellen Form, darunter
natürlich auch alle, die geschäftlich von dem Fest profitier-
ten, und das waren nicht wenige. Das Bürgerbegehren hatte
erfolgreich die erste Hürde genommen, es waren genügend

Unterschriften gesammelt worden, nun folgte der Bürgerentscheid. Seitdem war das Klima in Erlangen vergiftet. Nur noch dieses eine Thema beschäftigte die Bürger. Mütze als Zugereister war diesbezüglich völlig leidenschaftslos. Im Westfalenstadion, wie er das Stadion seines BVB störrisch weiterhin zu nennen pflegte, wurde sogar alkoholfreies Bier ausgeschenkt, und gesungen wurde stets ohne Verstärkeranlage, dennoch war die Stimmung immer prächtig. Außer man verlor gegen Schalke, was zum Glück nur in furchtbaren Krisenzeiten vorkam.

Der Kommissar bog in die Straße ein, in der sich ihre Wohnung befand. Kaum war er beim *Oberle* und beim *Polster* vorbeigekommen, zwei traditionellen Gasthäusern mit ausgezeichneter Küche, brach wie auf das Zeichen eines verborgenen Dirigenten das Froschkonzert los, eine gewaltige Serenade in Quak-Dur. Mütze zog den Schlüssel und ging in die Wohnung hinauf, wo Karl-Dieter schon friedlich schnarchte. An die Schiefertafel in der Küche hatte er fein säuberlich ein neues Gedicht geschrieben:

Die Rose, die nun wollt erblüh'n,
Dem Sturme sehn wir sie schon hingegeben.
Die Arme trug im Sinn so manche Hoffnung,
O lange Hoffnung, kurzes Leben.
Friedrich Rückert

Als Mütze leise das Schlafzimmer betrat und ein letzter Lichtstrahl in den Raum fiel, sah er ein aufgeschlagenes Buch auf Karl-Dieters Nachttischchen glänzen: *Sagen aus der Fränkischen Schweiz*. Mütze musste lächeln. Karl-Dieter war und blieb eine Leseratte.

Wenn sich die Nacht über das Walberla zu legen beginnt, wenn die Menschen in den Dörfern ringsherum müde in die Federn fallen, erwachen die Tiere aus ihrem Schlaf. Jetzt beginnt für sie das eigentliche Leben. Die Dunkelheit macht ihnen nichts aus, ihre Augen brauchen nicht viel Licht, zudem orientieren sie sich mithilfe ihrer Ohren und Nasen. Die besten Ohren von allen aber haben die Fledermäuse. Das zerklüftete Juragebirge der Fränkischen Schweiz ist ein Fledermaus-Eldorado. In den Spalten der Felsen, in versteckten Höhlen und hinter Felsüberhängen haben die lichtscheuen Tierchen ihre Wohnungen, dort hängen sie träge an den rauen Decken, bis die Nacht sie weckt.

Auch die Familie der kleinen Mopsfledermaus erwachte und streckte gähnend ihre mit Häuten bespannten Flügel aus. Zeit für einen ersten Erkundungsflug, der lange Schlaf hatte sie hungrig gemacht. Mit rasantem Flügelschlag sauste eine Mopsfledermaus nach der anderen aus dem Flugloch hinaus in die Nacht. Auch das kleine Mopsfledermäuschen war mit dabei, beherrschte den Kunstflug schon fast so perfekt wie seine Geschwister, stieß begeistert seine spitzen Schreie aus, deren Echo ihm sicher alle Hindernisse meldete, alle Felsen und Bäume, aber auch die leckeren Beutetierchen. Besonders liebte das kleine Mopsfledermäuschen die pelzigen Muffmotten und den gestreiften Tigerfalter, aber natürlich verachtete es auch die Stechmücken nicht.

Als es auf einem der spitzen Felsen am Walberla eine Pause einlegte, stieg ihm ein wahrlich köstlicher Duft ins Näschen. Was war denn das für ein Leckerbissen? Schnuppernd suchte das Mopsfledermäuschen den Felsen ab, dann wurde es fündig. Hmm, was für ein Aroma! Gierig leckte *es mit seiner rauen Zunge über den Stein. Das vergossene Blut war schon angetrocknet, aber was machte das? Mit etwas Speichel ließ es sich wunderbar auflösen, Blutgruppe null, eine Seltenheit. Die kleine Mopsfledermaus wollte gar nicht mehr aufhören zu schlecken. Wenn sie das ihren Eltern erzählte!*

»Olé, Be-Vau-Behe, olé-olé ...«

Schlaftrunken blinzelte Mütze zu seinem Radiowecker hinüber. Gerade erst sechs Uhr dreißig. Wer zum Teufel rief ihn um diese Uhrzeit an? – Zum Teufel? Hellwach hüpfte Mütze aus dem Bett, packte sein Handy und eilte auf leisen Sohlen ins Wohnzimmer, um Karl-Dieter nicht zu wecken, der das Handygedudel zum Glück nicht bemerkt zu haben schien.

»Die Absperrung! Die Flatterbänder! Einfach beseitigt!«

Gößwein war außer sich. Der Chef der Spurensicherung war so leicht nicht aus der Ruhe zu bringen, nun aber schnaubte er wie ein Walross. Gleich in der Früh, noch ehe sie sich zur Wohnung des Opfers nach Möhrendorf aufgemacht hatten, seien sie wie besprochen noch mal zum Walberla hinauf, um die letzte fehlende Ecke der Hochfläche abzusuchen.

»Oben hat mich fast der Schlag getroffen.«

»Wieso das?«

»Die Flatterbänder! Die Flatterbänder, mit denen wir gestern die Zufahrtswege zum Berg abgesperrt haben. Nur noch lose Enden, die im Wind wehen! Einfach durchgerissen hat man die Markierungen!«

Gößwein schnaufte erneut tief durch. Er stehe jetzt oben auf dem Berg neben der Kapelle. Jede Menge Burschen seien damit beschäftigt, Bierbänke von den Anhängern ihrer Traktoren abzuladen und Festzelte aufzubauen. Selbst eine Schiffschaukel habe man schon aufs Gras gepflanzt. Er habe versucht, den Schuldigen ausfindig zu machen – vergebens. Er habe sie angeschrien, sofort aufzuhören und vom Berg zu verschwinden. Die Männer hätten ihn angeglotzt, als sei er ein Marsmännchen.

»Selbst den Polizeiausweis haben sie ignoriert. Haben mit den Schultern gezuckt und gesagt, Tradition sei Tradition, ob ich etwa die ›Erbad‹ für sie machen wolle?«

»Die Erbad?«

»Die Arbeit, verflixt!«

»Ärger dich nicht, nehmt euch lieber die Wohnung vor.«

Mütze ging in die Küche und drückte auf die Espressotaste ihrer Kaffeemaschine. Das teure Ding hatte er Karl-Dieter zum letzten Weihnachtsfest geschenkt. Karl-Dieter sagte zwar schon seit Jahren, sie sollten sich nichts mehr zu Weihnachten schenken, hielt sich aber selbst nicht an die Abmachung und kam stets mit einem Geschenk daher. Sei ja nur eine Kleinigkeit! Als wäre eine Kleinigkeit kein Geschenk. Zumal es sich bei den Kleinigkeiten um Dinge wie ein edles Seidenhemd handelte oder goldene Manschettenknöpfe mit ihrer beider Monogramm. Um nicht mit leeren Händen dazustehen, schlug Mütze geschenketechnisch erbarmungslos zurück. Diesmal mit dem Luxusbrühautomaten, einer Maschine mit allen Schikanen. Sauteuer, aber jeden Euro wert. Mit gefühlten 100 Atü jagte der Kraftprotz den heißen Dampf durch das frisch gemahlene Kaffeemehl. Was für ein Genuss! Karl-Dieter hatte zwar leicht säuerlich reagiert und gegrummelt, sein selbst gebrühter Kaffee schmecke ihm wohl nicht mehr, mittlerweile aber hatte er das Geschenk ins Herz geschlossen. Der dünne, braune Strahl glitt in die Espressotasse und verbreitete ein herrliches Frühstücksaroma. Mütze warf reichlich Zucker hinein, Karl-Dieter schlief ja noch. Zucker gehörte seit Neuestem zu den verbotenen Lebensmitteln, obwohl Zucker rein vegetarisch war und noch dazu alkoholfrei. Doch beim Zucker beließ es Karl-Dieter nicht, selbst einfaches Salz war plötzlich suspekt. Salz, so meinte er, jage den Blutdruck in die Höhe und schädige die Nieren. Und auch mit Eiern solle man sehr vorsichtig sein, man wisse ja, wie das Cholesterin die Adern verkleistere. Mütze rührte noch einen weiteren Löffel Zucker unter. Wenn sich die Verbotsliste in diesem Tempo erweiterte, würden sie bald bei trockenem Zwieback landen, natürlich bei glutenfreiem. Nichts gegen Überzeugungen, aber diese Spezialdiäten hatten schon was von einer Ersatzreligion. Bei jeder Gelegenheit futterte Mütze heimlich eine Bratwurstsemmel oder eine andere der zahlreichen fränkischen Köstlichkeiten, ein gegrilltes Hähnchen vom *Hühnertod* etwa mit Pommes rot-weiß oder einen Döner »mit allem« in der Hauptstraße. Selbst eine gute Currywurstquelle hatte er entdeckt. Ein Storchenbier dazu oder ein munteres Kitzmännchen, und das Menü war perfekt. Karl-Dieter musste ja nicht alles wissen. Dann würde er nur wieder von der Ungerechtigkeit der Welt reden. Mütze nämlich konnte essen, was er wollte, und nahm kein Gramm zu, während Karl-Dieter behauptete, die Kalorien schon mit der Atemluft aufzunehmen.

Mütze sah auf seine Uhr. Für acht Uhr hatte er sich mit Big-Chip im Kasten verabredet. Wo er jetzt ohnehin schon wach war, konnte er in der Zwischenzeit noch den Freunden von der Spusi über die Schulter schauen. Möhrendorf lag genau zwischen Kosbach und dem Walberla, sie würden also etwa zur gleichen Zeit an Regenfuß' Hütte eintreffen. Rasch kritzelte er Karl-Dieter noch eine kurze Nachricht auf einen Zettel und verließ die Wohnung.

Mütze war schneller als Gößwein. Er hielt mit seinem Manta am Rand der abgelegenen Holperstraße an. Was für ein herrlicher Frühlingsmorgen! Über der Regnitzau schwebte noch ein leichter Nebelstreif, während sich der Himmel schon tief zu bläuen begann. Mütze sah sich kurz um, dann ging er zum etwa hundert Schritte entfernten Nachbarhaus hinüber. Eine alte Dame war gerade dabei, ihre Pfingstrosen zu gießen, während sich ihr Mann aus dem Fenster lehnte und ihr dabei zusah.

»Der Georg? Ja, furchtbar! Ein solchernes Unglück!«, sagte die Alte und stellte ihre Gießkanne ab.

»Wie haben Sie's erfahren?«

»Meine Freundin, die Waltraud hat's mir erzählt, furchtbar, einfach furchtbar.«

»Wann haben Sie Herrn Regenfuß zuletzt gesehen?«

»Vorgestern Abend. Da ist er mit seinem Laster los. Hat mir noch zugewunken. Wenn ich daran denke ...«

»Ist Ihnen etwas an ihm aufgefallen?«

»Aufgefallen? Am Georg? Was soll mir denn am Georg aufgefallen sein?«

»Was hatte Herr Regenfuß zum Beispiel an?«

»Nichts, das heißt: das Übliche. Nichts Besonderes, meine ich.«

»Auf dem Kopf vielleicht?«

»Was soll er denn auf dem Kopf gehabt haben?«

»Vielleicht einen Hut oder ein Käppi?«, sagte Mütze. Die Teufelshörner erwähnte er besser nicht.

»Nein, nichts. Der Georg hat ausgesehn, wie der Georg halt aussieht.«

»Kannten Sie sich näher?«

»Näher? Aber Herr Kommissar! Der Georg ist doch ein junger Mann für mich!«

»Hatte er manchmal Besuch?«

»Nein, nie. Der Georg lebte allein. Wissen Sie, die jungen Leute wohnen ja jetzt alle allein mit ihrem Internet. Aber wieso fragen Sie mich das alles, Herr Kommissar, ich dachte, es ist ein Unfall gewesen?«

Der Wagen der Spusi brauste heran, und Mütze verabschiedete sich von der alten Dame. Gößwein war immer noch sauer wegen der Kerwa-Burschen auf dem Walberla, eine solche Frechheit sei ihm noch nicht untergekommen, die Sache würde ein Nachspiel haben. Zusammen mit den beiden jungen Kollegen, die so hervorragend klettern konnten, betraten sie die Wohnung. Während sich das Spusi-Team an die Arbeit machte, um sich durch den Müll zu wühlen, sah sich Mütze nochmals prüfend um. Nackt und schwarz glänzte das Rechteck auf der Tischplatte, wo der Laptop gestanden haben musste. Wo konnte er sein? Sprach der Staubrand nicht dafür, dass Regenfuß seinen Computer stets an derselben Stelle ließ und nicht mit sich rumschleppte? Hatte er etwas darauf gespeichert, das einen Diebstahl lohnte? Hatte Regenfuß deshalb sterben müssen? Wenn es um brisante Daten ging: Warum hatte es nicht ein einfacher Einbruch getan?

»Die Wohnung gibt nicht viel her«, unterbrach Gößwein Mütze in seinen Gedanken. »Im Küchenschrank haben wir einen Karton mit alten Straßenkarten gefunden, das ist alles. Keinerlei persönliche Unterlagen, kein Sparbuch, keine Briefe, keine Geschäftsunterlagen.«

»Das gibt's doch nicht«, sagte Mütze, »Regenfuß war Transportunternehmer, da muss er doch Bücher führen.«

Gößwein zuckte mit den Schultern.

»Nichts dergleichen. Vielleicht ist alles auf dem Computer. Dem papierlosen Büro gehört die Zukunft.«

Mütze verzog das Gesicht. Er glaubte nicht daran. Jedenfalls nicht bei Regenfuß. Wenn man sich die Wohnung anschaute, da war keine Spur von Zukunft zu erkennen. Regenfuß war doch völlig anders gestrickt. Ein gemütlicher Stammtischbruder und zugleich ein Eigenbrötler, der einen uralten Laster fuhr. So jemand und ein papierloses Büro? Dann müsste er zumindest einen Scanner besessen haben, mit dem er per Post eingehende Aufträge und sonstigen Papierkram speichern konnte. So viel verstand auch Mütze von der Technik. Scanner aber war keiner zu sehen, und auf dem kleinen Holztisch auch kein Platz dafür. Nein, Regenfuß war oldschool, hatte seine Korrespondenz in einen Ordner getan oder – wahrscheinlicher noch – alles in einen Pappkarton geworfen. Und den hatte der Laptop-Dieb vermutlich ebenfalls mitgehen lassen. Ja, so konnte es gewesen sein: Der Mörder hatte mit Regenfuß in geschäftlicher Verbindung gestanden. Bei diesen Geschäften muss es um zwielichtige Dinge gegangen sein. Drogen vielleicht. Hatten die Ruudslöffl nicht gesagt, ihr Kumpel sei hin und wieder nach Tschechien gefahren? Da kamen sie doch her, all die synthetischen Glückspillen, nach denen die Partyszene so verrückt war. Regenfuß hatte sich zuletzt als unzuverlässig erwiesen, deshalb hatte er sterben müssen. Warum aber als Teufel auf dem Walberla?

Schlag acht betrat Mütze den Kasten. Wo steckte Big-Chip? Auf seinem Schreibtisch lagen die *Erlanger Nachrichten*, er musste also bereits im Hause sein. Mütze warf einen Blick auf die aufgeschlagene Seite. Die Schlagzeile verkündete: »Toter in der Walpurgisnacht«. Mütze las weiter.

»In der Nacht zum 1. Mai kam am Walberla ein 43-jähriger Mann ums Leben. Seine Leiche wurde auf einem Felsvorsprung unterhalb des Aussichtspunktes auf der Westseite des Berges gefunden. Bei dem Toten, der ein Faschingskostüm trug, handelt es sich um einen selbstständigen Transportunternehmer aus Möhrendorf. Es scheint sich um einen tragischen Unglücksfall in der Walpurgisnacht gehandelt zu haben, die auf dem Walberla seit Jahren wieder ausgiebig gefeiert wird. Das Walberlafest am Wochenende wird trotz des Unglücks wie gewohnt stattfinden, erklärte die Gemeindeverwaltung von Kirchehrenbach und wies zudem darauf hin, dass sich die Geländer an den Aussichtspunkten sämtlich in verkehrssicherem Zustand befänden.«

Mütze musste über das Behördendeutsch grinsen. Verkehrssichere Geländer, das war die Hauptsache. Klar, the show must go on. Auch auf Frankens Berggipfeln. Die Leute sollten sich sicher fühlen, damit nur kein Kirchweihgänger zu Hause blieb. Er mochte sich nicht vorstellen, was passierte, wenn man den Erlangern ihre Bergkirchweih wegnahm, der Streit darüber nahm an Schärfe zu. Mit Schwung warf der Kommissar die Zeitung zurück auf den Tisch. Auf der Suche nach Big-Chip trat Mütze hinaus auf den Gang. Die Tür zum Sekretariat am Ende des Flurs stand halb offen, Stimmen waren zu hören. Als Mütze seine Nase ins Zimmer steckte, sah er die Füße von Big-Chip, der auf dem Rücken unter dem Schreibtisch lag, während Gunda, ihre junge Schreibkraft, die stets die knappsten Röcke trug, dicht neben ihm ihre hübschen Beine vom Bürostuhl baumeln ließ.

»Ich hab's gleich«, ertönte Big-Chips Stimme.

»Lass dir nur Zeit«, antwortete Mütze.

»Mann, Mütze«, rief es erschrocken zurück. »Entschuldige, bin gleich da!«

»Er repariert nur schnell meinen Router«, sagte Gunda mit ihrer süßen Piepsstimme.

»Er repariert nur schnell meinen Router!« Mütze schüttelte den Kopf. Für so was hatten sie eigentlich einen Administrator. Weil aber jeder wusste, dass sich Big-Chip viel besser in den Computerwelten auskannte und ruckzuck jedes technische Problem zu lösen wusste, wurde er häufig zu Reparaturzwecken missbraucht. Mit hochrotem Kopf tauchte Big-Chip wieder auf.

»Passt«, sagte er zu Gunda, die ihm mit charmantestem Lächeln ein hingehauchtes »Danke!« schenkte.

»Keine Ursache«, sagte Big-Chip, verabschiedete sich stolz und ging mit Mütze in ihr gemeinsames Büro hinüber.

»Danke«, hauchte Mütze, die Stimmlage von Gunda imitierend, worauf ihm Big-Chip die Faust auf die Schulter krachen ließ.

»Wenn's technisch nicht unmöglich wäre, würde ich glauben, du bist eifersüchtig.«

»Sollte ich meinen Grundsätzen jemals untreu werden, dann nur wegen Gunda!«, grinste Mütze.

»Diese Beine«, grinste nun auch Big-Chip.

»Schluss jetzt, an die Arbeit!«, beendete Mütze das Thema.

Sie teilten sich die Aufgaben auf. Big-Chip würde sich um weitere Zeugen kümmern, die Blocksberghexen und Co., Mütze wollte sich noch einmal in Möhrendorf umhören. In so einer kleinen Gemeinde musste doch jemand wissen, mit wem Regenfuß Geschäfte machte. Auch der Sparkassenfiliale wollte er einen Besuch abstatten. Irgendein Konto würde der Herr Transportunternehmer doch wohl gehabt haben.

»Hast du gecheckt, ob Regenfuß Vorstrafen hat?«

»Klar hab ich nachgeguckt! Was denkst denn du? Seine Weste ist kirschblütenweiß.«

»Und die Ruudslöffl?«

»Ebenfalls niente. Lauter unbescholtene Bürger.«

Mütze parkte seinen Manta vor dem Rathaus, einem Neubau von extremer Scheußlichkeit. Da hatten sich die Gemeinderäte wohl ein Stück große, weite Welt ins Dorfzentrum setzen wollen, einen postmodernen Kasten mit Schießscharten statt Fenstern. Passte zu Möhrendorf wie ein Vegetarier nach Franken. Das kam davon, wenn man zu viel Geld hatte. Möhrendorf gehörte zu Erlangens Speckgürtel, Erlangen-Höchstadt zu den reichsten Landkreisen der Republik. Da glaubte man schon mal, es krachen lassen zu müssen, ob es passte oder nicht. Mit welcher natürlichen Eleganz und Bescheidenheit überzeugten hingegen die alte Kirche und die Fachwerkhäuser nebenan. In vergangenen Zeiten gab es noch keine Stadtplaner, damals gab es Geschmack. Manchmal war es ein Unglück, im Geld zu schwimmen. Karl-Dieter kritisierte seinen Freund gelegentlich wegen seiner antimodernistischen Haltung. Was an diesem Bauhaus-Verschnitt bitte modernistisch sei, erwiderte Mütze darauf stets. Erstens würden sich die Bauhaus-Gründer im Grabe umdrehen, wenn sie wüssten, dass sie mit einem solchen einfallslosen Unfug in Verbindung gebracht wurden, und zweitens sei das Bauhaus doch nun selbst schon hundert Jahre alt. Was sei daran denn noch modern?

Mütze war an der Sparkasse angekommen, ein Haus, das man im typischen Sparkassenstil errichtet hatte, wie er mit sarkastischem Lächeln feststellte. Am Schalter saß eine ältere Dame mit Hornbrille. Mütze zückte seinen Ausweis und verlangte den Filialleiter zu sprechen. Ein schmaler, jungenhafter Mann eilte herbei, stellte sich als Martin Binöder vor und führte Mütze in sein Besprechungszimmer.

»Mord?«, fragte der Banker erschrocken, als Mütze ihm sagte, warum er gekommen war.

»Davon habe ich nichts gesagt. Reine Routineermittlungen bei ungeklärter Todesursache.«

»Ich dachte, Herrn Regenfuß' tödlicher Sturz sei ein Unfall gewesen?«

Mütze ignorierte den Einwand.

»Herr Binöder, war Herr Regenfuß Kunde Ihres Hauses?«

»Ja, seit langer Zeit.«

»Können Sie mir einen Überblick über seine Finanzen und Kontobewegungen verschaffen?«

Der Banker drehte einen Bildschirm zu sich und hämmerte etwas in die Tasten.

»Ein Sparbuch mit gesetzlicher Kündigungsfrist über 1.377 Euro und 52 Cent. Keine Festgelder, keine Aktien, kein Depot, keine Kreditkarte. Nur ein Girokonto. Stand: 512 Euro und 33 Cent. Nicht viel, aber andererseits auch keine Schulden.«

»Können Sie mir die Auszüge der letzten zwölf Monate ausdrucken?«

»Kein Problem, warten Sie.«

Binöder klickte auf den Tasten herum, worauf hinter seinem Stuhl ein Drucker zu rattern begann. Viele Auszüge waren es nicht. Binöder reichte Mütze den dünnen Stapel.

»Bitte sehr!«

Mütze brummte und begann sogleich, die Ausdrucke durchzublättern. Sehr übersichtliche Summen, die da bewegt worden waren. Mal um die 200, mal um die 300 Euro, die eingelaufen waren, einmal auch eine Summe von gut 700 Euro. An Ausgaben überwiegend abgehobenes Bargeld, nie mehr als 150 Euro, sowie Kartenzahlungen an Tankstellen, oft in ähnlicher Höhe. Meist ging das Geld an eine Araltankstelle im nahen Baiersdorf, aber auch andere

Orte waren darunter, im letzten Oktober sogar eine Abbuchung aus Pilsen. Sonst alles erwartbare Posten: Lkw-Maut, ADAC-Beitrag, Strom- und Wasserrechnungen, Müllabfuhrgebühren, gelegentlich Amazon-Rechnungen. Vielleicht neue CDs für seine Musiksammlung.

»Herr Binöder, haben Sie Herrn Regenfuß persönlich gekannt?«

»Nur flüchtig. Sie sehen ja selbst, ein großer Geschäftsmann war er nicht.«

Mütze steckte die Auszüge ein und verabschiedete sich. Er hatte einen Mordshunger und schon einen genauen Plan, wie er diesen stillen würde. Denn in Möhrendorf war sie zu Hause, die Weltmeisterwurst. Das hatte ihm Big-Chip verraten. Waren die Franken die Könige der Bratwursthersteller, so war der Möhrendorfer Metzger Reck der Bratwurstkaiser. Seine Rostbratwurst war bereits mehrmals prämiert worden. Binöder hatte ihm den Weg beschrieben, es war nicht weit, nichts war weit in Möhrendorf. Aber auch ein weiter Weg hätte sich gelohnt, wie Mütze feststellte, als er in die Bratwurstsemmel biss. Diese Bratwurst war eine Götterspeise! Und endlich mal wieder eine Stallfrucht. Mütze hatte sich angewöhnt, Karl-Dieter gegenüber nicht mehr von Fleisch, sondern nur noch von Stallfrüchten zu sprechen. Klang doch gleich viel freundlicher. Man sprach ja auch von Meeresfrüchten, wenn man Muscheln, Krabben oder Tintenfische meinte. Kürzlich hatte Karl-Dieter doch allen Ernstes gemeint, ein Testessen veranstalten zu müssen, und hatte Mütze zwei Würste vorgesetzt, eine echte Nürnberger Rostbratwurst und eine Nürnberger aus Tofu. Karl-Dieter war der festen Überzeugung, man würde keinen Unterschied schmecken, Mütze solle nur mal probieren. Drei Zahnputzbecher voll Wasser hatte er gebraucht, um den Tofu-Geschmack wieder aus dem Mund zu entfernen. Die echte fränkische Bratwurst hingegen, einfach ein Himmelsgeschenk!

Als Mütze die Weltmeisterwurst verdrückt hatte, stellte er sich der älteren Verkäuferin mit Dienstausweis vor und fragte nach dem Toten. Die Ärmste durchfuhr ein Mordsschrecken. Ja, natürlich kannte sie Georg Regenfuß, er sei ein echtes Möhrendorfer Gewächs gewesen. Auch seine Tante Resi, in deren Haus er aufgewachsen sei und das nun ihm gehöre oder besser gehörte, habe sie gut gekannt, sagte die Verkäuferin, mit ihr sei sie zusammen zur Schule gegangen. So ein Unglück! Der Georg sei stets so anständig gewesen, immer höflich, immer hilfsbereit. Als das schreckliche Hochwasser im nahen Bubenreuth die Häuser geflutet hatte, habe der Georg unentgeltlich seinen Laster zur Verfügung gestellt und den Schutt abtransportiert.

»So ist er gewesen, der Georg«, sagte die Verkäuferin und wischte sich eine Träne aus dem Augenwinkel.

Mütze ließ sich noch eine zweite Bratwurst geben und bewunderte still die Pokale auf dem Regal, die der Metzger für seine Würste erhalten hatte, internationale Auszeichungen, die prächtigste davon ein goldener Rost mit einer ebenso goldenen Wurst darauf. Neben den Auszeichungen hing ein Kalender mit verschiebbarem roten Rähmchen. Donnerstag, der 2. Mai.

Der 2. Mai! Ach du heiliger Strohsack! Siedend heiß fiel es Mütze ein: der 2. Mai, ihr 2. Mai! Darum hatte ihm Karl-Dieter gestern beim Zu-Bett-Gehen so geheimnisvoll zugezwinkert, deshalb hatte er ihm so seltsam konspirativ »Bis morgen!« zugeraunt. Der 2. Mai, das war ihr Tag. An einem 2. Mai hatten sie sich kennengelernt, in der Dortmunder Oper, als der Mord an dem Heldentenor passierte, der nach dem zweiten Aufzug auf offener Bühne am Galgen gehangen hatte, ein Eifersuchtsdrama unter Künstlern. Im Schwanenboot von Lohengrin hatten sie sich den ersten Kuss gegeben. Mütze hatte es nicht so mit Ritualen, Karl-Dieter aber war der 2. Mai heilig. Jedes Jahr unternahmen sie an diesem Tag gemeinsam etwas Schönes oder gingen zumindest lecker essen. Doch obwohl es Karl-Dieter war, der an dem Ritual hing, erwartete er stets von Mütze, dass dieser an den Tag dachte, ihm gratulierte und ihn schick ausführte. Niemals hätte Karl-Dieter Mütze aktiv daran erinnert, jedoch verstand er es geschickt, seiner Erinnerung mit versteckten Botschaften auf die Sprünge zu helfen, so mit dem gestrigen Gute-Nacht-Gruß. Bloß hatte es diesmal nicht funktioniert. Mütze wischte sich über die Stirn. Er war einfach zu sehr in Gedanken gewesen, um Karl-Dieters Hinweis zu dekodieren. So ein Mist! In diesen Dingen war Karl-Dieter mordsmäßig empfindlich. Und er war einfach in der Früh so mir nichts, dir nichts aus dem Haus und hatte nur eine banale Nachricht auf den Notizblock gekritzelt. Wenn er wenigstens ein Herzchen dazugemalt hätte! Wie konnte er das nur wieder gutmachen? Kurz überlegte Mütze, schnell einen neuen Wellensittich zu kaufen, aber Karl-Dieter hatte noch nicht signalisiert, mit seiner Trauerarbeit abgeschlossen zu haben. Nein, er musste sich was anderes einfallen lassen.

»Wo kann man denn hier richtig gut essen gehen?«, fragte er die Verkäuferin. »Ich meine, so richtig festlich?«

»Da gehen Sie am besten ins *Storchennest* nach Baiersdorf.«

Als Mütze durch Möhrendorf zurückfuhr, sah er, wie drei alte Bekannte in der Sparkasse verschwanden. Die Ruudslöffl.

»Wirklich eine eingeschworene Truppe«, dachte Mütze schmunzelnd, »erledigen sogar ihre Geldgeschäfte zusammen. Oder sie bringen ihr Sparschwein zum Schlachten, ohne ihr ›Gerchla‹ ist jetzt Schluss mit Karteln.«

Der Abend war gekommen. Karl-Dieter hatte sich richtig in Schale geworfen und wirkte nicht die Spur beleidigt. Er war äußerst angetan von dem schicken Schuppen, den gestärkten Tischtüchern und dem Kerzenschmuck.

»Sogar echte Tulpen«, rief er entzückt.

»Für dich nur das Echte«, sagte Mütze, dann stießen sie an.

Als Aperitiv gab es Schampus mit Holundersirup. Die Speisenkarte war handgeschrieben und lockte mit erlesenen Spezialitäten. Das Einzige, was Mütze mit leichtem Bauchgrimmen sah, waren die Preise. Hätte er kein schlechtes Gewissen gehabt, hätte es wohl auch eine Nummer kleiner getan. Sie entschieden sich für das Drei-Gänge-Menü, Mütze für die fleischlastige, Karl-Dieter für die vegetarische Version. Dann prosteten sie sich nochmals zu.

»Auf uns!«

»Auf die Liebe!«

Der Schampus schmeckte Mütze. Wie viele Jahre waren sie jetzt zusammen? Zwanzig? Zweiundzwanzig? Nie war ein Schatten auf ihre Freundschaft gefallen, nur ein einziges Mal, als dieser tolldreiste Praktikant ihn auf der Dortmunder Wache verführt hatte, in der verfluchten heißen Sommernacht, als er den Deckenventilator reparieren wollte. Aber das war längst vorbei und vergessen. Mütze hatte nur einen Wunsch für den Abend: dass Karl-Dieter nicht wieder eines der beiden Reizthemen ansprach. Die Hochzeitspläne und den Kinderwunsch. Diesbezüglich war

Karl-Dieter so was von hetero gepolt. Welcher anständige Schwule heiratete denn und setzte Kinder in die Welt? Das war doch reinstes Spießbürgertum, meinte Mütze. Karl-Dieter aber hatte nichts dagegen, ein Spießbürger zu sein. Im Gegenteil, er fand das richtig schick. Mütze spielte auf Zeit. Irgendwann würde selbst Karl-Dieter dem Traum vom Traualtar Lebewohl sagen und auch keinem Kinderwagen mehr sehnsüchtig hinterherblicken. Als sie sich Mickey angeschafft hatten, war es kurzzeitig etwas besser gewesen. An dem Vogel hatte Karl-Dieter sein Kümmererbedürfnis ausleben können. Zu dumm aber auch, dass sich das blöde Viech so dusselig anstellen musste. Eine kurze Sekunde der Unachtsamkeit, und Mickey hatte sein Leben ausgehaucht. Brrr ... Mütze wollte nicht mehr daran denken, nicht jetzt, bei ihrem Kennenlern-Gedächtnis-Essen. Ob ihm Karl-Dieter das Unglück immer noch übel nahm?

»Ich hab eine Geschichte für dich«, sagte Karl-Dieter geheimnisvoll und zog ein Buch aus seinem Jackett.

Mütze schmunzelte. Das Buch kannte er doch. Es waren die Sagen aus der Fränkischen Schweiz, in denen Karl-Dieter gestern noch gestöbert hatte.

»Kennst du die Geschichte von der heiligen Walburga und dem Walberla?«

Mütze erinnerte sich dunkel daran, dass Gößwein ihm etwas von einer heiligen Walburga erzählt hatte.

»Als die heilige Walburga auf den Berg gestiegen war, wollte sie dort oben eine Kirche bauen. Kaum jedoch hatte sie diesen Wunsch ausgesprochen, brach die wilde Jagd los. Über den Abendhimmel flogen Hexen und Teufel, Dämonen und andere Höllengeister. Walburgas Begleiter rannten in Panik davon oder purzelten den Fels hinunter, Walburga aber faltete die Hände und sandte ein flammendes Gebet zum Himmel. Daraufhin stürzten die Geister zur Erde und mussten Walburga nun zu Willen sein. Eifrig schleppte ein jeder Steine herbei, und so wurde die Kapelle in nur einem Tag errichtet.«

»Aha«, sagte Mütze, der sich nur mäßig für alte Geschichten begeistern konnte, »und was geschah mit den Geistern?«

»Walburga verbot ihnen ein für alle Mal, die Menschen zu erschrecken. Nur einmal im Jahr, in der Nacht zum 1. Mai, dürfen sie ihren höllischen Himmelsritt veranstalten, als Dank für die Hilfe beim Kapellenbau.«

»Prost, Karl-Dieter!«

»Prost, Mütze!«

In dem Moment, als der Kellner Karl-Dieter die geschäumte Krensuppe servierte und Mütze die Leberknödel-Hochzeitssuppe, fing Mützes Handy an zu grölen.

»Entschuldige«, sagte Mütze und ging dran. Es war Big-Chip. In Kirchehrenbach sei etwas abgegeben worden, bei der Gemeindeverwaltung. Eine schwarze Herrentasche mit Schlüsseln, Portemonnaie und Ausweispapieren. Die Ausweise seien auf einen Mann namens Georg Regenfuß ausgestellt.

Mit muffeligem Gesicht saß Karl-Dieter auf dem Beifahrersitz, während Mütze auf die Autobahn brauste. Nicht, dass ihr Kennenlerntag-Gedächtnis-Essen ein so abruptes Ende genommen hatte, warf er dem Freund vor, dafür konnte Mütze schließlich nichts. Dienst war Dienst, und Schnaps war Schnaps. Dass Mütze es aber gewagt hatte, ihn zu fragen, ob er im Restaurant auf ihn warten wolle, hatte Karl-Dieter in tiefster Seele verletzt. Alleine in einem Lokal sitzen! Noch dazu an diesem, ihrem Tag! Das ging ja gar nicht. So war er mit Mütze in den Manta gestiegen, was ebenfalls höchst unbefriedigend war, aber immerhin nur die zweitschlechteste Lösung.

Auch Mützes Laune war erkennbar nicht die beste, was seinem Fahrstil nicht guttat. Dass man Regenfuß' Sachen gefunden hatte, passte ihm überhaupt nicht in den Kram. Vor allem dass die Schlüssel noch da sein sollten, warf seine ganze schöne Theorie über den Haufen. Wenn die Schlüssel gefunden worden waren, war es extrem unwahrscheinlich, dass der Mörder mit dem Laptop-Dieb identisch war, ja, dass der Laptop überhaupt gestohlen worden war, denn in der Wohnung des Teufels hatten sie keinerlei Einbruchspuren gefunden. So ein Mist!

In Forchheim-Süd bretterte Mütze wieder vom Franken-schnellweg runter und kurvte in einem solchen Affenzahn durch die Dörfer, als wollte er die Slogans auf den Transpa-renten, die eine Ortsumgehung forderten, lärmend unter-streichen. In Gosberg schrammten sie haarscharf an einer Kirche vorbei, die an einer S-Kurve lag. Von Weitem sahen sie im Dämmerlicht das Walberla vor sich liegen, majestä-tisch, erhaben, wie ein gigantischer Elefant, der auf die Knie gesunken war. Doch weder Mütze noch Karl-Dieter waren in der Stimmung, den Anblick zu genießen. Noch war nichts verloren, redete Mütze sich ein, alles konnte auch durch ei-nen raffinierten Trick erklärt werden. Der Mörder hatte die Schlüssel seines Opfers mitsamt der Herrentasche einfach wieder oben auf dem Berg versteckt, nachdem er in Möh-rendorf gewesen war und sich den Laptop geschnappt hat-te. Eine höchst durchtriebene Sache. Alles deutete darauf hin, dass sie es mit einem Profi zu tun hatten. Auch eine an-dere Variante war denkbar: Regenfuß hatte seinen Laptop mit aufs Walberla genommen, der Mörder hatte das Ding

seinen Händen entrissen und ihn dabei zugleich hinabge-
stoßen. Mütze spürte, wie er sich wieder beruhigte. Ganz
sicher war es ein Mord gewesen, niemals ein Unfall!

In der Gemeindeverwaltung von Kirchehrenbach brann-
te noch Licht. Man hatte versprochen, auf Mütze zu warten,
selbstverständlich würde man warten, man wisse ja oder
könne sich vorstellen, wie wichtig dieser Fund für die Herren von der Erlanger Polizei sei. Eine gemütliche Brünette mit Bernsteinklunkern an den Ohren reichte Mütze ein
schwarzes Herrentäschchen aus Kunstleder.

»Wurde vor etwa einer Stunde bei uns abgegeben. Von
unseren Kerwa-Burschen. Haben es oben auf dem Berg gefunden. Hinter einem Stein am Rande des Wäldchens, direkt am Weg, der von Leutenbach hinaufführt. Wir haben
schon reingeschaut«, sagte die Brünette entschuldigend.

»Selbstverständlich«, sagte Mütze. »Sie konnten doch
nicht wissen, was sich darin verbirgt.«

Mütze zog den Reißverschluss auf. Als Erstes holte er einen Schlüsselbund hervor. Der dicke, abgewetzte Schlüssel
war wohl der Zündschlüssel des Lasters, Mütze erkannte das Magirus-Deutz-Logo, diesen Eiffelturmverschnitt.
Dann kam ein Handy zutage, das noch antiker wirkte als
Mützes Gerät, es folgte eine halb leere Packung Lucky
Strikes mit einem Feuerzeug in der Zellophanhülle. Das
ebenfalls stark abgenutzte Portemonnaie enthielt etwas
Kleingeld, drei Zwanzig-Euro-Scheine, einen Lkw-Füh-
rerschein mit einem erstaunlich mageren und jungenhaft
wirkenden Regenfuß auf dem Foto und einen Personalaus-
weis mit Regenfuß heute. Und dann war da noch ein zu-
sammengefalteter, hellgelber Zettel aus dünnem Papier.
Mütze strich ihn auf dem Gemeindetresen glatt. Es war die
Kopie eines Reparaturauftrags. Für ein Notebook von LG.

Abgegeben beim MediaMarkt Erlangen am 30. April, dem Walpurgistag. Mütze merkte, wie seine Laune endgültig in den Keller sackte.

»Wo, sagten Sie noch, wurde das Täschchen gefunden?«

»Am Rande des Weges, der von Leutenbach hinaufführt.«

»Von Leutenbach? Ich dachte, man steigt von Kirchehrenbach auf den verdammten Hügel?«

Die Brünette guckte ganz erschrocken und ließ ihre Bernsteinklunker wackeln. Wie konnte man auf diese hässliche Weise von ihrem schönen Walberla reden? Der Herr Kriminalbeamte schien keine Manieren zu besitzen! Leicht pikiert sagte sie: »Viele Wege führen aufs Walberla.«

»Und wo liegt dieses Leutenbach?«

Erneut ließ Mütze den Manta aufheulen. In rasanter Fahrt ging es hinten um das Walberla herum. Die Nacht war hereingebrochen, im Kegel der Scheinwerfer glänzte schwarz der Asphalt. Karl-Dieter schwieg. Mütze war geladen, in solch einer Stimmung sprach man ihn besser nicht an. Keine fünf Minuten später hatten sie Leutenbach erreicht. Der Manta verlangsamte die Fahrt, Mütze kurvte die wenigen Straßen des Dorfes entlang und sah sich suchend um.

Das war er, der Laster von Regenfuß! Kein Zweifel. Ein klappriger Magirus-Deutz mit der typischen Schnauze und dem ERH-Kennzeichen, schmutzig weiß, dazu der Aufdruck auf der linken Seite: *Frankenstolz*. Mütze parkte direkt dahinter. Dann zog er den Schlüsselbund aus dem Herrentäschchen und stieg aus, Karl-Dieter hinterher. In der Fahrerkabine die üblichen Fernfahrersachen: Thermoskanne, jede Menge zerknüllter Zigarettenpackungen im Fußraum, zerbeulte Coladosen, Schokoladenpapier. Auf dem

Beifahrersitz lagen eine Jeans und ein dicker Wollpullover. Ansonsten: ein Autoatlas vom ADAC, eine speckige Kladde mit Fahrzeugpapieren, das war's. Mütze stieg wieder aus und ging zur Heckklappe. Mit raschem Griff hatte er die Flügeltür geöffnet. Gähnende Leere. Im Schein der kleinen Innenraumlampe waren nur ein paar leere Umzugskartons, ein paar Gurte und eine Aluleiter zu sehen. Sonst nichts. Mütze schloss wieder ab und schlug mit der flachen Hand gegen die Heckklappe.

»Scheibenkleister!«

Schweigend fuhren sie heim. Karl-Dieter sah zum Seitenfenster hinaus. Warum nur war Mütze manchmal so schrecklich verbohrt? Warum wollte er unbedingt einen Mordfall daraus machen? Warum war er nicht froh, dass es sich um einen Unfall handelte? So schrecklich ein Unfall auch war, was war ein Unfall denn gegen einen Mord? Als Karl-Dieter schließlich doch den Mund aufmachte, antwortete Mütze pampig, er sei aber eben kein Verkehrspolizist, er sei nun mal bei der Kripo. Und außerdem sei noch lange nicht klar, dass es wirklich ein Unfall gewesen war.

»Wer verkleidet sich denn als Teufel, um allein auf die Walpurgisnacht zu gehen und dann beim Pinkeln abzustürzen? Erklär mir das mal!«

Karl-Dieter sah ihn mitfühlend an: »Mensch, Mütze! Der Arme hat sich wahrscheinlich umgebracht!«

»Umgebracht?«

»Natürlich. Er muss zutiefst unglücklich gewesen sein.«

»Du kennst ihn doch überhaupt nicht!«

»Ich fühle so was.«

»Oho, du fühlst das also! Und wozu dann das Kostüm? Um sich umzubringen, muss man sich doch nicht verkleiden!«

»Oh doch! Gerade, wenn man sich umbringen will! Er hat sich schuldig gefühlt, verstehst du? Versündigungswahn. Gar nicht selten bei Depressiven. Darum das Teufelsgewand.«

»Karl-Dieter, er hatte sich einen Dildo umgebunden!«

»O wie furchtbar, der Arme! Versündigungswahn mit sexuellen Inhalten, eine schlimme Kombination. Hat sich vielleicht vorgeworfen, an der Verführung eines jungen Mädchens schuld zu sein oder an der Verführung eines Knaben.« Karl-Dieter seufzte romantisch. »Der arme Kerl! Hat sich selbst gerichtet.«

»Karl-Dieter, jetzt komm mal wieder auf den Boden. Die Rechtsmediziner haben herausgefunden, dass er was getrunken hatte.«

»Er hat sich halt Mut angetrunken. Wer scheidet schon leichten Herzens aus dieser schönen Welt?«

»Bist du auch so hungrig wie ich?«, fragte Mütze.

Sie hatten Glück. Für ein Menü beim *Storchennest* war es zwar zu spät geworden, und auch die Küche vom *Reck* wollte gerade schließen, ihnen zuliebe aber warf man den Herd noch einmal an.

»Wenn Sie mit Bratwürsten und Bratkartoffeln einverstanden sind.«

»Natürlich sind wir einverstanden!«, rief Mütze und konnte seine Begeisterung nur schwer verbergen.

»Für mich nur Bratkartoffeln«, sagte Karl-Dieter.

Mütze entdeckte die Ruudslöffl sofort. Sie saßen an ihrem Stammtisch und schienen auch ihn bemerkt zu haben, jedenfalls fingen sie an, miteinander zu tuscheln. Einen kurzen Moment überlegte Mütze, zu ihnen hinüberzugehen, dann aber ließ er den Gedanken wieder fallen. Der Abend war dumm genug verlaufen, ihr Kennenlern-Gedächtnistag hatte schon genug gequietscht, nun sollte er einigermaßen harmonisch ausklingen.

Heute bediente eine andere Frau, die einen leicht slawischen Akzent hatte. Als sie das Bier und das Mineralwasser brachte, konnte es sich Mütze nicht verkneifen, nach Regenfuß zu fragen.

»Regenfuß?«, fragte die Frau reserviert.

»Der vierte Stammtischbruder«, sagte Mütze und deutete zu den Ruudslöffeln hinüber.

»Tut mir leid, den kenne ich nicht«, sagte sie hastig und lief zurück in die Küche.

Leuchtet der Mond über dem schönen Franken, ist es nirgends romantischer als auf dem Walberla. Fern von jeder künstlichen Lichtquelle kann der Mond ungestört seinen Zauber entfalten, selbst wenn er nur als zierliche Sichel am Himmel steht. Dann recken sich ihm die seltensten Orchideen entgegen, wiegen sich die Schatten der Frühlingsblumen auf den Magerwiesen, dann springen die Hasen den Berg hinauf, streift der mächtige Uhu mit seinen Schwingen über Hecken und Streuobstwiesen, bewachen die steilen Felsen des Albtraufs die Szenerie, hart und gebieterisch. Einmal im Jahr aber ist alles anders. Dann legen sich schwarze Schatten auf das Hochplateau, ziehen sich die Biertische über die Fläche, glänzt eine Vielzahl von Zelten im Silberlicht, wartet alles gespannt und voller Vorfreude auf das, was kommen wird.

Freitag, 3. Mai

Als Mütze mit müdem Gesicht auf dem Revier erschien, saß Big-Chip schon an seinem Schreibtisch und hackte etwas in die Tasten. Grinsend sah er auf und schüttelte den runden Kopf.

»Mann, Mütze, wie siehst du denn aus? Willst du einen Kaffee? Kannst auch ein Bamberger Hörnchen haben. Hat uns Gunda hingestellt, weißt schon, als kleines Dankeschön für gestern.«

Mütze winkte ab und gähnte. Selbst zu einer Bemerkung über Gundas Charme war er nicht in der Laune. Ob es etwas Neues gebe? Big-Chip berichtete von den Zeugenbefragungen. Die Zeitungen waren so freundlich gewesen, den Zeugenaufruf abzudrucken. Immerhin acht Personen hatten sich darauf gemeldet, die in der Walpurgisnacht auf dem Walberla gewesen waren. Alle hätten von einer wilden Nacht berichtet, vom Feuerzauber, von brennenden Fackeln, von auf ihren Besen reitenden Hexen, von einem sechsbeinigen Drachen, der so plötzlich wieder verschwand, wie er aufgetaucht sei, von bösen Feen und Zauberern mit spitzen Hüten. Auch der ein oder andere Teufel sei dabei gewesen. Keiner der acht Walberlagänger aber habe sich erinnern können, den Belzebub in einer Kostümierung gesehen zu haben, wie sie Regenfuß getragen hatte.

»Das gibt es doch nicht! Der blinkende Dildo muss doch für Aufsehen gesorgt haben!«

»Vielleicht hat ihn Regenfuß erst kurz vor dem Sturz in Gang gesetzt.«

Mütze brummte. Das würde zu Karl-Dieters Selbstmordhypothese passen. Regenfuß hatte so wenig Aufmerksamkeit wie möglich erregen wollen, es war ihm nicht um die anderen gegangen, sondern nur um sich selbst. Er hatte sich bestrafen wollen für irgendetwas Verrücktes. Wie hatte Karl-Dieter es genannt? Depression mit Versündigungswahn. Mütze kratzte sich am Hinterkopf. Hatte ihn sein Bauchgefühl betrogen? Was war mit seinem Riecher? Hatte ihn vielleicht sein Wunsch, mal wieder richtig ermitteln zu können, blind gemacht? War es wirklich kein Mord gewesen?

»Was Neues von der Spusi?«

»Nur schlechte Nachrichten. Keine Fingerabdrücke an Regenfuß' Haustür, nur seine eigenen. Und die Fingerabdrücke auf dem Dildo stammen ebenfalls auschließlich von Regenfuß.«

Mütze nickte trübe und zog das Herrentäschchen aus der Tüte, von dem er Big-Chip gestern Nacht noch am Telefon berichtet hatte. Er ließ den Inhalt auf den Schreibtisch purzeln. Die Spusi würde sich nun noch den Magirus-Deutz vornehmen, aber warum eigentlich? Was versprachen sie sich davon? Regenfuß war nach Leutenbach gefahren, hatte seinen Laster dort geparkt und sich in der Fahrerkabine umgezogen. Deshalb die Jeans und der Pullover auf dem Beifahrersitz. Dann war er als Teufel aufs Walberla gestiegen, hatte sich an den Abgrund gestellt, den Dildo zum Blinken gebracht und sich hinuntergestürzt. So kann, so muss es gewesen sein. Und doch, irgendetwas in Mütze weigerte sich weiterhin, an einen Selbstmord zu glauben. Oder war es nur Trotz und sein westfälischer Dickschädel?

»Sonst noch was?«

»Krautwurst hat ein Fax geschickt.«

Mütze griff sich das Blatt. Der Todeszeitpunkt wurde präzisiert, die Ohrenschmalzmethode hat es möglich gemacht. Mitternacht, plus/minus eine Stunde. Analyse der Fingernä-

gel negativ. Kein Hinweis auf Fremd-DNA. – Mütze wuss-
te, was das bedeutete. Es hatte kein Kampf stattgefunden.
Hätte Regenfuß seinem Mörder wenigstens einen kleinen
Kratzer zugefügt, stünden sie nun ganz anders da. Aber so?

»Es ist eben kein Mord gewesen.«

Da war er gefallen, der Satz. Mütze spürte einen heftigen
Stich. Nun also auch Big-Chip, sein Freund und Partner.
Dass Karl-Dieter in seiner romantischen Art an Selbstmord
dachte, war zu erwarten gewesen. Dass aber nun auch noch
Big-Chip jede Hoffnung aufgab, grenzte an Verrat. Wer,
wenn nicht sie als Ermittler, hatte bis zuletzt an eine Ge-
walttat zu glauben? Wie viele Mörder würden lustig in der
Welt herumlaufen, wenn die Ermittler zu früh von einem
Unfall ausgingen?

»Mütze, sei mir nicht böse, aber wir haben wirklich
nichts mehr in der Hand. Mit dem Fund des Täschchens
stehen wir mit leeren Händen da.«

»Wenn er sich umbringen wollte, warum sollte er sein
Täschchen mit auf den Berg genommen haben, erklär mir
das bitte einmal«, sagte Mütze scharf.

Big-Chip zog die Stirne kraus.

»Irgendwo musste er es ja lassen. Er wollte sich halt
nicht mit Herrentäschchen vom Fels stürzen. Was macht es
für einen Unterschied, ob er es im Laster liegen lässt oder
unterwegs wegwirft?«

»Er hat es eben nicht weggeworfen. Er hat es hinter einem Stein deponiert.«

»Kann ein Zufall sein, keine Ahnung. Jemand, der sich
umbringen will, noch dazu in einer solchen Weise, wer zudem getrunken hat, den kann man doch nicht mit normalen
Maßstäben messen, der macht lauter Dinge, die uns unlo-
gisch erscheinen.«

»Es gibt keinen Abschiedsbrief.«

»Hast du vergessen, was der Alte uns neulich bei seiner Fortbildung erzählt hat? Dass laut Statistik nur noch jeder zweite Selbstmörder einen Abschiedsbrief hinterlässt. Briefeschreiben kommt aus der Mode. Außerdem, an wen hätte Regenfuß denn einen Abschiedsbrief schreiben sollen? An seine Kartelbrüder, diese Ruudslöffl? ›Tut mir leid, ich muss eine Runde aussetzen‹?« Big-Chip lachte bitter auf. »Unser stärkstes Indiz für die Mordhypothese war der verschwundene Laptop, und für dessen Verschwinden gibt es nun ebenfalls eine ganz banale Erklärung.«

»Eben nicht.«

»Wie meinst du das?«

»Big-Chip, stell dir vor, der Club steigt in die dritte Liga ab oder Fürth wird Deutscher Meister oder etwas anderes Grauenvolles passiert, und du beschließt, dein Leben zu beenden. Bringst du dann am selben Tag noch deinen Computer zur Reparatur?«

Big-Chip sah auf die Uhr.

»Wir müssen los, der Alte will uns sprechen!«

Der Erlanger MediaMarkt lag in einem Gewerbegebiet zwischen Büchenbach und Frauenaurach, nicht weit entfernt vom Europakanal. Die Geschwindigkeit, mit der die Mütze in den Kreisel schoss, verhieß nichts Gutes. Er war geladen wie selten. Der Alte hatte allen Ernstes eine Pressemitteilung herausgeben lassen! Der Tod sei aufgeklärt, es handle sich zweifelsfrei um einen Suizid. Das Argument, dass ein Selbstmordkandidat keine kaputten Elektrogeräte mehr zum Reparieren gibt, hatte er vom Tisch gewischt. Wissenschaftlichen Untersuchungen zufolge lägen zwischen dem Entschluss zum Suizid und dessen Ausführung bei

Männern mittleren Alters in 40 Prozent der Fälle gerade mal zwei Stunden. Eine Spontanhandlung. Außerdem habe es schon Selbstmörder gegeben, die unmittelbar vor ihrem Tod noch die Wohnung geputzt hätten. Psychologen erklärten das mit einem Automatisierungszwang. Viele Selbstmörder würden bis kurz vor Schluss noch »funktionieren«, den Rasen mähen, dem Nachbarn beim Ausbau helfen oder den Hund ausführen. Sie hätten das normale Leben abgespalten von der zeitgleich ablaufenden Katastrophe. Der Alte hielt viel von Psychologie. Das sei die Kriminalistik der Zukunft. Nur mit Bauchgefühl und Instinkt komme man heutzutage nicht mehr weiter. Es sei ein Suizid und kein Mord. Auch ein Unfall sei höchst unwahrscheinlich. Wer gehe denn allein auf ein solches Fest? Der Alte hatte die Ermittlungskommission für aufgelöst erklärt, noch ehe sie richtig zusammengetreten war: »Der Fall ist abgeschlossen!«

»Der Fall ist abgeschlossen«, knurrte Mütze, als er durch die sich öffnenden Glastüren des MediaMarktes stürmte. Man schickte ihn zur Serviceabteilung, wo sich eine freundliche Mitarbeiterin sogleich darum bemühte, den Laptop zu finden. Sie ging in einen rückwärtig gelegenen Lagerraum, wo sich in den Blechregalen zahlreiche Geräte stapelten. Dort unterhielt sie sich mit einem Kollegen in rotem Blaumann und kam dann wieder zu Mütze zurück.

»Bedaure«, sagte sie, »der Laptop ist schon auf dem Weg nach China.«

»Nach China? Wieso das?«

»Zwei Jahre Herstellergarantie. Der Hersteller kümmert sich auch um alle Reklamationen und Reparaturen. Und dieser Computer stammt aus China.«

»Wann wird er zurück sein?«

»In frühestens drei, vier Wochen. Es können aber auch zwei Monate werden.«

»Zwei Monate! Hören Sie, ich ermittle in einem Mordfall, geht das nicht schneller?«

»Ich werde es meinem Chef vorlegen.«

»Ja, bitte!«

Immerhin hatte der Alte nicht ausdrücklich untersagt, dass Mütze noch ein paar Abschlussuntersuchungen vornahm. »Wenn Sie denn unbedingt wollen...« Als ob das eine Frage des Wollens wäre. Hier ging es um nichts anderes als kriminalistische Sorgfalt. Wie konnte man einen Fall für abgeschlossen erklären, solange noch der Hauch eines Zweifels über der Sache lag. 100 Prozent gebe es nirgendwo, hatte der Alte gemeint, manchmal müsse man sich eben auch mit 99,9 Prozent zufriedengeben. Oho! Von Mathematik verstand Mütze etwas! 99,9 Prozent, das hieß, man ließ jeden tausendsten Mörder laufen, ohne den kleinsten Versuch unternommen zu haben, ihn zu fassen. Damit würde Mütze sich nicht abfinden. Niemals! Mit dem gleichen Tempo, mit dem er zum MediaMarkt gedonnert war, fuhr er auch wieder zurück, so schnell, dass die Reifen seines Mantas in dem Kreisel zu singen begannen. Wäre er etwas langsamer gefahren, hätte er den weißen Toyota noch gesehen, der aus dem Kreisel heraus zum MediaMarkt abbog. In dem Toyota saßen drei kräftige Mannsbilder. Die Ruudslöffl.

Auch wenn er überhaupt nicht in der Stimmung war, traf sich Mütze doch um Punkt zwölf erneut mit Karl-Dieter im *Storchennest*, dem schicken Baiersdorfer Restaurant. Versprochen war versprochen. Gestern hatten sie beim ersten Löffel Suppe aufbrechen müssen. Diesmal tat sich Mütze keinen

Zwang an, Karl-Dieter alles vom Stand der Ermittlungen zu erzählen. Warum auch nicht? »Der Fall ist schließlich abgeschlossen«, sagte Mütze ungewohnt sarkastisch, während er an seinem blutigen Steak herumsäbelte. Der Vorteil: Er habe nun wieder jede Menge Zeit für die Erlanger Fahrraddiebe.

»Und für Maßkrugschlägereien auf der Bergkirchweih«, ergänzte er missmutig.

»Du meinst, das Bürgerbegehren wird nicht erfolgreich sein?«, fragte Karl-Dieter hoffnungsvoll. Er war zwar überhaupt kein Typ für Volksfeste, gönnte aber den jungen Menschen die Gaudi von Herzen. Wann war in Erlangen denn schon mal was geboten?

»Am Sonntag wissen wir mehr«, brummte Mütze.

»Wirst du für ein Zurück zum alten Berg stimmen?«

»Alter Berg oder nicht, die Sauferei wird weitergehen und damit auch die Arbeit für uns. Besser wird's erst, wenn man Maßkrüge aus Weichgummi einführt.«

Maßkrüge aus Weichgummi! Karl-Dieter war froh, dass Mützes Humor wiederkehrte. Und dass der Freund ihm gegenüber sein Herz erleichtert hatte, was den Fall vom Walberla anging. Karl-Dieter wusste, wie gerne Mütze wieder einmal einen Mörder gejagt hätte. Und nun war der Mord nichts als ein trauriger Suizid. Zumindest aber, und da musste Karl-Dieter Mütze recht geben, blieb eines seltsam: die Sache mit dem Computer. Aller modernen Psychologie zum Trotz. Karl-Dieter überlegte heimlich, was er selbst wohl in den Stunden vor einem Selbstmord anstellen würde. Nicht, dass er jemals ernsthaft daran gedacht hatte, sich das Leben zu nehmen, aber es war doch keine uninteressante Frage.

»Kommst du noch mit auf die Beerdigung?«, brummte Mütze, während er sein Steak kräftig pfefferte.

»Gerne!«

Das stimmte wirklich. Karl-Dieter hatte eine Schwäche für Beerdigungen. Er fand sie wunderbar bewegend. Wann zeigten die Menschen denn noch echte Gefühle – außer bei Beerdigungen oder Hochzeiten? Schnell bat Mütze um die Rechnung. Über Hochzeiten wollte er nun wirklich nicht diskutieren. Jetzt nicht und auch später nicht. Karl-Dieter wusste genau, wie er darüber dachte, alle Argumente waren längst ausgetauscht.

Die Trauerfeier fand in der alten Möhrendorfer Kirche statt, gleich hinter dem neuen gemeindeeigenen Protzbau. Schon die Schwierigkeit, einen Parkplatz zu ergattern, deutete auf einen regen Besuch hin. Und tatsächlich, als Mütze und Karl-Dieter die Kirche betraten, waren alle Bänke bereits gerammelt voll. So stiegen sie eine Außentreppe hinauf und nahmen auf der linken Seitenempore Platz, wo man zwar reichlich unbequem saß, dafür jedoch einen guten Blick auf das Kircheninnere hatte. Mütze war erstaunt über das Ausmaß an Anteilnahme. Zwar stammte Regenfuß aus Möhrendorf, aber es hieß doch überall, dass er ein ziemlicher Einzelgänger gewesen war. Offenbar war es auf dem Lande noch üblich, einem Toten die letzte Ehre zu erweisen, der letzte Gang galt als selbstverständliche Christenpflicht. Vorne, in einer der ersten Bänke, entdeckte Mütze die Ruudslöffl. Die drei Stammtischbrüder saßen mit hängenden Schultern nebeneinander, trugen aber keine Trauerkleidung, sondern bunte Outdoorjacken. Auch den jungen Sparkassenfilialleiter konnte Mütze erkennen, er saß neben vier hübsch herausgeputzten Damen in schwarzen Kostümen, wahrscheinlich alle Mitarbeiterinnen von ihm. Und noch ein vertrautes Gesicht konnte Mütze ausmachen, die nette Wurstverkäuferin von der Weltmeistermetzgerei. Sie saß in einem schwarzen Kunstfellmantel auf der gegenüberliegenden Empore.

Verhalten und dünn begann die Orgel zu spielen, der Eingangschoral erklang: »O Welt, ich muss dich lassen«. Bei den letzten Liedzeilen trat der Pfarrer an das blumengeschmückte Pult im Altarraum, direkt vor dem aufgebahrten Sarg, und begrüßte die Trauergemeinde. Mütze war auf seine Worte gespannt. In protestantischen Gemeinden war es üblich, das Leben des Verstorbenen Revue passieren zu lassen, was dem Möhrendorfer Pfarrer in diesem Fall sicherlich schwerfallen würde. Vermutlich kannte er Regenfuß kaum und dürfte zudem seine Schwierigkeiten gehabt haben, bei dem extremen Mangel an näheren Angehörigen etwas über das Leben des Toten herauszufinden. Ob er sich mit den Ruudslöffln getroffen hatte? Kaum vorstellbar. Mucksmäuschenstill aber wurde es im Kirchenraum, als der Pfarrer plötzlich begann, über den Teufel zu sprechen. Auch Mütze und Karl-Dieter waren überrascht. Damit hatten sie nicht gerechnet. Der Pfarrer griff tatsächlich die Verkleidung des Toten auf, um sie zum zentralen Thema seiner Ansprache zu machen.

»Was wollte uns der Verstorbene damit sagen? Warum starb er im Gewand des Teufels? Als wir davon hörten, gestehen wir es nur freimütig ein, waren wir alle tief betroffen. Wofür steht der Teufel denn? Er steht für das Böse, für das, was uns Menschen misslingt, für den gescheiterten Versuch, sein Leben zum Guten zu wenden. Heißt das aber nun, Georg Regenfuß ist mit seinem Leben gescheitert? Heißt das, Georg Regenfuß kam sich wie ein großer Sünder vor? Wir wissen es nicht und werden es vermutlich nie erfahren. Woran wir aber glauben, ja, was wir mit Gewissheit annehmen dürfen, ist, dass Gottes Liebe selbst demjenigen zuteil wird, der sich für verdorben hält. Die Gnade des Herrn ist ohne jede Begrenzung, ohne irdische Schranken. Georg Regenfuß mag tief gefallen sein, weiß Gott! Bei Rilke aber heißt es: ›Und doch ist Einer, welcher dieses Fallen unendlich sanft in seinen Händen hält.‹ So tief wir auch fallen mögen, wir fallen doch immer in die geöffneten Hände Gottes. Amen!«

Oder in die steinigen Felsen des Walberla, dachte Mütze, und seinen Mund umspielte ein bitteres Lächeln. Kein weiterer Redner trat an das Pult, und so setzte sich zu den Klängen des ergreifenden Liedes *O Haupt voll Blut und Wunden* der Trauerzug in Bewegung. Es dauerte eine Weile, bis sich auch die Menschen auf den Emporen anschließen konnten, so zahlreich drängte alles zu den Ausgängen, so viele Trauergäste folgten dem Sarg auf dem kurzen Weg zum angrenzenden Friedhof. Der Zufall wollte es, dass die Metzgereiverkäuferin direkt vor Mütze und Karl-Dieter die Treppe hinabstieg. Als Mütze sie grüßte, huschte ein Lächeln über ihr Gesicht. Sie erkannte ihn gleich wieder und fing flüsternd an zu erzählen. Der Georg werde direkt neben seiner Tante bestattet, ihrer alten Klassenkameradin. Nur gut, dass Resi schon tot sei, das Herz würde ihr brechen. So jung zu sterben, wie schrecklich sei das doch. »In der Resi ihrm Häusla« sei sie als Kind oft zu Gast gewesen, unten in der Regnitzau habe man herrlich spielen können. Schiffe hätten sie aus Papier gebastelt und auf den Bewässerungsrinnen schwimmen lassen, Frösche hätten sie gefangen und aus Wiesenblumen bunte Kränze geflochten. Auch baden durfte man in der Regnitz damals noch. Natürlich nicht in der Nähe der Schöpfräder, da hätte es was hinter die Ohren gegeben! Aber auch bei Regenwetter hätten sie und Resi viel Spaß gehabt. Am liebsten hätten sie sich verkleidet, Vater-Mutter-Kind gespielt oder Verstecken in dem alten Haus. Voller Herzklopfen hätten sie in ihrem »Kästla« gesessen, einem geheimen Verschlag, der nur durch eine unsichtbare Tapetentür betreten werden konnte, und hätten sich vorgestellt, sie seien Gefangene in einer dunklen Räuberhöhle.

»Tapetentür?« Mütze war wie elektrisiert. »Wo befindet sich diese Tür?«

Mütze konnte es kaum erwarten, dass der Sarg endlich in die Erde gelassen wurde. Was für eine Neuigkeit! Auch der Spurensicherung war die Räuberhöhle nicht aufgefallen. Am liebsten wäre Mütze auf der Stelle los, aber er musste Rücksicht auf Karl-Dieter nehmen, der viel von Pietät hielt. Bei einer Beerdigung vorzeitig gehen? Unmöglich!

Der Trauerzug war an der frisch ausgehobenen Grube angekommen. Der Haufen neben dem Grab schien fast nur aus Sand zu bestehen, offensichtlich war der Boden hier sehr mager. Eine kleine Blaskapelle stimmte *Yesterday* an, während der Sarg hinabgelassen wurde. Die Sargträger waren Profis, was man daran erkannte, dass kein hässliches Aufprallgeräusch zu hören war. Dann sprach der Pfarrer den Abschiedssegen und trat von dem Grab zurück. Die Ruudslöffl machten den Anfang und warfen ihrem Stammtischbruder drei kräftige Schaufeln Erde hinterher. Ungeduld und Neugier drängten Mütze, den Friedhof zu verlassen, aber Karl-Dieter verfolgte das Ritual mit so viel Andacht, dass er es unterließ, vorzeitig zu gehen. Endlich hatte auch der letzte Trauergast dem Toten die letzte Ehre erwiesen, und Mütze strebte mit Karl-Dieter dem Ausgang entgegen.

»Was hast du es denn so eilig?«, wollte Karl-Dieter wissen.

»Das wirst du gleich erfahren!«

Das Siegel war schnell erbrochen, der Plastikkartentrick funktionierte auch dieses Mal. Im Wohnzimmer tastete Mütze hastig die Wände ab, schlug auch hier und dort dagegen. Er hatte schon fast den ganzen Raum untersucht, als er eine Stelle unterhalb des Rehgeweihs beklopfte. Er stutzte. Hier klang es anders, dumpfer, fast hohl. War das der versteckte Raum? Mütze trommelte stärker. Tatsächlich, da war keine feste Wand, da musste die Tür sein! Nun fielen Mütze auch die schmalen Ritzen im Tapetenmuster auf. Er griff nach dem Geweih und zog daran. Lautlos öffnete sich eine Tür, dahinter lag ein pechschwarzer Raum. Karl-Dieter hielt unwillkürlich den Atem an. Ein Schwall muffiger Luft schlug ihnen entgegen. Mütze tastete die innere Wand ab und fand einen kleinen Drehschalter, den er umlegte. Eine nackte Birne flammte auf und beleuchtete die Räuberhöhle. In dem schmalen Raum waren Regale angebracht, eine übersichtliche Anzahl von handbeschrifteten Ordnern stand in Reih und Glied. Auch eine silberne Geldkassette war zu sehen. Mütze zog einen Ordner hervor und schlug ihn auf. Rechnungsbelege, Lieferscheine, Kopien irgendwelcher Formulare.

»Das also war sein Büro«, sagte Mütze und pfiff durch die Zähne.

»Und seine Apotheke«, ergänzte Karl-Dieter und deutete auf eine angebrochene Medikamentenschachtel auf dem untersten Regalboden. »Jarsin. Johanniskraut, ein Antidepressivum.«

Schluss, aus, amen! Alle hatten sie recht gehabt. Der Alte, Big-Chip und Karl-Dieter. Das zuzugeben fiel unendlich schwer. Mütze hatte sich jeden der Ordner gründlich vorgenommen, hatte die Unterlagen akribisch durchgesehen, aber nichts entdecken können, das auch nur den leisesten Verdacht erregt hätte. Dann auch noch das Antidepressivum, alles, wirklich alles, passte ins Raster. Selbstmord. Es war Selbstmord gewesen. Punktum. Kein vernünftiger Mensch konnte daran länger auch nur den Rest eines Zweifels haben.

Zurück in Erlangen hatte Mütze Karl-Dieter beim Theater rausgelassen. Morgen war Premiere von *Romeo und Julia*, Karl-Dieter musste noch das Geländer an den berühmten Balkon schrauben, bei dem er sich besondere Mühe gegeben hatte, ein Traum in Weiß und hellem Rosa, mit goldenen Putti verziert. Für den Abend hatten sie sich verabredet. Mütze verspürte zwar nicht die geringste Lust, aber er hatte Karl-Dieter versprochen, zum Walberlafest zu gehen. Das Wetter sei einfach zu schön, als dass man darauf verzichten sollte, hatte Karl-Dieter gemeint. Nun denn! Mütze fügte sich seinem Schicksal. Vielleicht war es psychologisch sogar richtig, noch einmal jenen Ort aufzusuchen, an dem ihn seine Spürnase im Stich gelassen hatte. Auch eine Art von Trauerarbeit. Oder von Selbstbestrafung.

Mütze fuhr zum Kasten. Es half ja nichts. »No job is finished until the paperwork is done«, dachte er verbittert. Wieder nichts. Wieder kein Mord in Erlangen. Das Schrecklichste, das in den letzten Monaten in Erlangen passiert war, war die Sache mit dem Rentner in Bruck gewesen. Allein zu Hause hatte sich der Alte gedacht, jetzt sei die richtige Zeit, das undichte Garagendach zu reparieren. Mit seinem Eimerchen Bitumen musste er über eine benachbarte Mauer hinaufgestiegen sein. Als er die Dachpappe bestrichen hatte, war er jedoch gestürzt – so hatten sie es hinterher rekonstruiert – und auf den frischen Teer gefallen, und das so unglücklich, dass er festklebte und nicht mehr aufstehen konnte. Zu allem Unglück war kein Nachbar in der Nähe gewesen, der seine schwachen Rufe hätte hören können. So war der arme Mensch elendig auf seinem Garagendach gestorben. Scheußlich, aber auch kein Mord.

Big-Chip war ebenfalls noch im Kasten und hackte auf seiner Tastatur herum.

»Führt die Spur zum Club?«, frotzelte Mütze. Der Bildschirm seines Kollegen leuchtete in verdächtigem Rot. Big-Chip konnte nicht anders. Mindestens einmal pro Stunde musste er die Homepage des 1. FC Nürnberg besuchen. Wie hatte er gejubelt, als das Stadion nach Max Morlock benannt worden war! Das sei noch ein Spieler gewesen. Das ganze Leben nur für den Club. Und er war ein Mann mit Herz gewesen. Als ihm ein Nachbar seine entlaufene Schildkröte zurückbrachte, habe Max Morlock Rotz und Wasser geheult. Welchem Fußballprofi würde das heute noch passieren? Alles nur noch Legionäre, die dorthin gingen, wo mit dem größten Scheck gewedelt würde.

»Ich sag's dir im Ernst: lieber zweite Liga als diese ganze Kommerzscheiße!«

Mütze nickte zustimmend und berichtete in aller Kürze von Regenfuß' Geheimzimmer und was sie dort gefunden hatten. Oder besser, was sie dort nicht gefunden hatten.

»Nicht traurig sein«, sagte Big-Chip, der Mütze bestens kannte, »bestimmt tüftelt genau in diesem Moment schon jemand in Erlangen am nächsten Mordplan.«

»Kommst du noch mit aufs Walberla? Karl-Dieter ist auch dabei.«

»Nee, tut mir leid, weißt schon, das Spiel des Jahres.«

»Das Spiel des Jahres?«

»Na, wir gegen die Bayern! DFB-Pokal!«

Sie parkten in Leutenbach. Wenn schon, denn schon. Noch einmal auf Regenfuß' letzten Spuren zu wandeln war jetzt Pflicht. Von dem alten Laster war nichts mehr zu sehen, die Spusi hatte ihn zum Polizeiparkplatz nach Nürnberg schaffen lassen, wo es eine große Garage gab. Wie zu erwarten war, hatten die Spurenleser auch in dem alten Magirus-Deutz nichts gefunden. Die letzte Hoffnung, sie war erloschen. Auf der Inspektion hatte Mütze seinen Bericht lustlos, aber mit der gewohnten Präzision in den Computer getippt. Selbst in der Niederlage blieb er Profi. Man musste die Sachen anständig zu Ende bringen. Auch wenn es nicht leicht für ihn gewesen war, so war Mütze doch froh, die letzten Beweise für den Suizid selbst geliefert zu haben. Auf den Abgang kam doch alles an. Er war es gewesen, der die Geheimkammer entdeckt hatte, er war es gewesen, der die Geschäftsordner gefunden hatte, ihm war es zu verdanken, dass ihnen das Johanniskraut in die Hände gefallen war, er war es gewesen, der letztlich bestimmt hatte, wann der Fall abzuschließen war. Nicht der Alte. In diesen Dingen war Mütze eigen. Nichts Schlimmeres, als fremdbestimmt zu werden. Nicht die Psychologie hatte gesiegt, sondern die Akribie. Big-Chip hatte ihm noch einmal die Hand auf die Schulter krachen lassen, die nächste Leiche käme bestimmt. Auch ein Trost!

Es war schon früher Abend, als Mütze und Karl-Dieter den gewundenen Weg zum Walberla hinaufstiegen. Irgendwie mussten sie eine Abzweigung verpasst haben, jedenfalls kamen sie vom rechten Weg ab und gingen auf halber Höhe ein Stück um das Walberla herum, bis sie wieder auf einen Weg stießen, der von Kirchehrenbach kommend hinauf in die Höhe führte. Karl-Dieter begeisterte sich an den blühenden Streuobstwiesen. Wo gab es noch Streuobst in Zeiten der Flurbereinigung? Die Bäume würden die Bauern doch nur beim Mähen stören, das sei heutzutage die Denke, alles müsse sich der Zweckmäßigkeit unterordnen. Hinter einer Natursteinmauer entdeckten sie sogar einen frisch angelegten Weinberg. Schienen Optimisten zu sein, die Kirchehrenbacher – Wein am Waberla?

Auf halber Höhe des Berges gelangten sie zu einem Ausguck auf einem Felsvorsprung, von dem ein großes Holzkreuz das Wiesenttal grüßte. Unter dem Kreuz stand eine Bank, und weil Karl-Dieter ins Schwitzen gekommen war, beschlossen sie, eine kleine Pause einzulegen. Sie waren keineswegs die Einzigen, die sich am ersten Tag des Walberlafestes auf den Weg gemacht hatten. Zahlreiche Wanderer, groß und klein, strebten erwartungsfroh dem Gipfel entgegen. In der Nähe der Bank jagten sich drei kleine Mädchen und kreischten dabei fröhlich. Mütze, der spielende Kinder stets ignorierte, stand auf und ging ein paar Schritte weiter, näher noch an den Ausguck heran, Karl-Dieter aber war ganz entzückt von der Natürlichkeit der Kleinen. Zwei der Mädchen waren im besten Kindergartenalter, das dritte wohl ein wenig älter. Sie machte sich einen Spaß daraus, sich ein zerrissenes Tuch um den Kopf zu binden, ein schwarzes Stück Stoff, auf dem rote, tanzende Hexen zu sehen waren, um so verkleidet ihre Spielkameradinnen zu jagen, die lachend davonliefen. Ein junges Paar, offensichtlich die Eltern, bewunderte derweil die Landschaft. Als die Kinder aber immer lauter zu schreien begannen, drehte sich die Mutter um, lief zu den dreien hinüber und riss der Älteren verärgert das Tuch vom Kopf. Wo sie das herhabe, fragte sie in strengem Ton, und die Kleine antwortete, das Tuch gehöre ihr, das habe sie selbst gefunden. Darauf hielt die Mutter ihr eine Predigt, solche Dinge dürfe man niemals anfassen und stopfte das Tuch angeekelt in einen Papierkorb am Wegesrand.

Karl-Dieter tat das Mädchen leid, so erschrocken sah es plötzlich aus, so enttäuscht. Warum meinen viele Eltern, sich stets in das Spiel ihrer Kinder einmischen zu müssen? Karl-Dieter war sich sicher, dass er das anders machen würde. Wenn sie mal ein Kind haben sollten, würde er ihm alle Freiheiten zur Entfaltung lassen. Wenn sie ein Kind haben sollten, würde er ihm nichts als Vertrauen schenken. Wenn sie ein Kind haben sollten, würde er sich mit ihm über das Leben freuen. Wenn, ja, wenn. Wenn Mütze endlich seine Vorurteile begraben würde. Zu blöd, dass sich der Teufelssturz als Selbstmord herausgestellt hatte. Karl-Dieter seufzte. Nie standen seine Chancen besser als nach einem erfolgreich aufgeklärten Mord. Dann konnte er alles von Mütze bekommen. Und beim nächsten Mal würde es kein Wellensittich sein, sondern das ersehnte Kind. Ganz bestimmt!

Oben auf dem Walberla herrschte das lustigste Leben. Überall waren Stände und kleine Zelte aufgebaut, saßen die Leute auf Bierbänken unter freiem Himmel und ließen sich das Bier schmecken, das zahlreiche kleine Brauereien aus Fässern ausschenkten. In jedem noch so kleinen Dorf ringsherum wurde gebraut, nirgendwo sonst auf der Welt hatte man eine solche Auswahl an hervorragenden Gerstensäften. Während die Großen gemütlich beisammensaßen und sich zuprosteten, vergnügten sich die Kinder auf der Schiffschaukel, besorgten sich Zuckerwatte oder bunte Lutscher oder tollten einfach auf den saftigen Wiesen herum. Es roch nach Bratwürsten und anderen gegrillten Köstlichkeiten.

Mütze bestellte sich eine Maß Bier, und Karl-Dieter ließ sich Mineralwasser in den Steinkrug füllen. Bei einem benachbarten Stand kauften sie ein gegrilltes Steak mit Kartoffelsalat für Mütze und eine Butterbrezel mit etwas Käse für Karl-Dieter. So beladen jonglierten sie alles zu einer freien Bierbank.

Die Sonne verschwand gerade hinter dem Horizont, der von hier oben aus betrachtet in weiter Ferne zu liegen schien. Es war noch angenehm warm, und Mütze holte sich bald seine zweite Maß.

»Prost, Karl Dieter.«

»Prost, Mütze!«

Mit dem leckeren fränkischen Bier spülte Mütze zugleich seine Enttäuschung hinunter. Wie gut hatte doch alles angefangen! Vor wenigen Tagen erst hatte er hier oben auf dem Berg gestanden und lustig zur Mörderjagd geblasen. Und nun? Nun war aus dem schönen Mord ein trister Selbstmord geworden. Doch alles Lamentieren half nicht weiter. Auch wenn sich tief in seinem Herzen immer noch etwas dagegen auflehnte, er hatte sich mit der Diagnose Selbstmord abzufinden. »Selbstmord«, ein hässliches Wort. Meist sprach man heute von Selbsttötung, das klang etwas freundlicher. Auch den alten Begriff des Freitods hörte man noch dann und wann, worüber Mütze jedoch nur den Kopf schütteln konnte. Als ob es eine freie Entscheidung wäre, sich umzubringen! Keine unfreiere Tat war doch denkbar. Ein Mensch, der sich wirklich frei fühlte, würde niemals aus dem Leben scheiden. Warum sollte er auch? Aus dem Leben schied nur, wen unerträgliche Lasten drückten, wer sich wie ein Sklave vorkam, unfrei, von Zwängen oder einer schweren Krankheit geplagt. Warum Regenfuß wohl Johanniskraut genommen hatte? Ob er tatsächlich depressiv gewesen war? Seine Kartenfreunde hatten nichts dergleichen berichtet. Ein depressiver Mensch, zog der sich nicht zurück, veränderte er sich nicht in seinem ganzen Wesen? Wenn man sich wie die Ruudslöffl wöchentlich traf, musste eine solche Veränderung dann nicht auffallen? Klar, eine Schafkopfrunde war keine Selbsterfahrungsgruppe, über Gefühle und Befindlichkeiten wurde da nicht gesprochen. Dennoch, eine Depression, die in den Selbstmord geführt hatte, war die tatsächlich zu übersehen?

»Unsere alte Männerschwäche: niemals Schwäche zeigen«, sagte Karl-Dieter, biss ein Stück von seiner Brezel ab und legte sie wieder auf den Tisch.

Das war Teil seiner neuesten Diät: niemals zu kauen und gleichzeitig bereits den nächsten Bissen in der Hand zu halten. Man müsse beim Essen entschleunigen, um dem Sättigungsgefühl eine Chance zu geben. Der größte Fehler sei, alles so schnell in sich hineinzustopfen, dass der Körper mit dem Stoppsignal nicht hinterherkomme. Stand neulich erst in der *Brigitte*. Vegetarische Kost habe den Vorteil, dem Körper schneller einen gefüllten Magen vorzugaukeln und so das Auftauchen des Stoppsignals zu beschleunigen.

Ein frecher Spatz näherte sich. Karl-Dieter warf ihm einen Krümel zu, den der vorwitzige Vogel sofort aufpickte, um gleich darauf seinen Kopf schräg in den Nacken zu legen und auf die nächste Beute zu spechten.

»Mickey konnte auch so schauen«, sagte Karl-Dieter mit melancholischer Stimme.

»Mickey ist tot!«

Mütze war es leid, ständig an den Wellensittich erinnert zu werden. Ihm reichte schon der leere Vogelbauer in der Wohnung. Irgendwann musste doch mal Schluss sein mit dieser ganzen Trauerarbeit. Es hatte einen bedauerlichen

Unfall gegeben, okay, das Leben ging weiter. Was konnte er dafür, dass so ein Vögelchen so wenig aushielt? Als hätte er das absichtlich gemacht! Er war eben etwas athletischer gebaut als andere. Ihn wegen dieses Vorfalls wie einen Mörder zu behandeln, war einfach nicht fair.

Als sie aufgegessen hatten, fragte Karl-Dieter, ob ihm Mütze noch den Ort zeigen könnte, an dem Regenfuß zu Tode gekommen sei. Mütze zuckte mit den Schultern. Warum nicht? So standen sie auf und gingen die langsam ansteigende Wiese hinauf, an deren Ende es steil in die Tiefe ging. Die beiden Freunde stellten sich ans Geländer. Kräftig wehte ihnen ein kühler Wind ins Gesicht.

»Die Beerdigung war eine der einsamsten, die ich je erlebt habe«, sagte Karl-Dieter.

»Warum? Sind doch jede Menge Leute da gewesen.«

»Schon. Vielleicht gerade darum. So viele Leute, aber kaum einer, der den Toten wirklich zu vermissen schien.«

Wahrscheinlich lag es daran, dass Regenfuß keine Familie hatte. So traurig es war, wenn Kinder am Grab Abschied von ihren Eltern nehmen mussten, es hatte auch etwas Tröstliches, waren sich doch alle gewiss, dass der Tote in den Herzen seiner Kinder weiterleben würde. Wer sollte einmal an ihrem Grab stehen? In wessen Herzen würden sie einst weiterleben? Karl-Dieter wagte es nicht, diese Frage auszusprechen. Er wollte die romantische Sonnenuntergangsstimmung nicht trüben.

»Die Ruudslöffl werden ihn schon vermissen«, meinte Mütze.

»Wer bitte?«

»Seine Stammtischbrüder.«

»Die drei in den bunten Goretex-Jacken? Bei so viel Erde, wie die ihm hinterhergeschaufelt haben? Unwahrscheinlich.

Ich habe nur einen Menschen gesehen, der wirklich um ihn getrauert hat.«

»Wen?«

»Die junge Frau, die ganz zum Schluss ans Grab getreten ist.«

Mütze konnte sich nicht an eine solche Frau erinnern, vielleicht hatte er sich zu dem Zeitpunkt schon abgewandt, um endlich zum Geheimzimmer zu kommen.

»Wieso denkst du, dass ausgerechnet diese Frau ihn vermisst?«, wollte er wissen.

»Sie war die Einzige, die eine Blume ins Grab geworfen hat.«

Karl-Dieter und die Blumen! Mütze sagten Blumen überhaupt nichts. Hin und wieder brachte er Karl-Dieter einen kleinen Strauß mit, weil der sich so darüber freuen konnte. Für Karl-Dieter waren Blumen nicht einfach nur Blumen. Für Karl-Dieter waren Blumen Liebesgrüße. Oder Zeichen echter Trauer. Oder beides. Je nachdem. Karl-Dieter war einfach ein unverbesserlicher Romantiker. Unter anderen Umständen hätte Mütze jetzt aufgemerkt, hätte Karl-Dieters Hinweis weiterverfolgt. Es hieß doch, Regenfuß habe keine Freundin, habe seit Ewigkeiten keine mehr gehabt. Wer war dann die junge Frau gewesen? Dieser Frage nachzugehen erschien ihm jetzt müßig. Selbst wenn irgendwo eine Frau um Regenfuß trauerte, was änderte das? Selbstmord blieb Selbstmord. Der Fall war abgeschlossen. Endgültig.

»Schrecklich, wenn man sich vorstellt, dass er sich hier runtergestürzt hat!«

Karl-Dieter gruselte es, als er sich über das Geländer beugte.

»Wo ist er denn aufgeschlagen?«

»Musst dich weiter vorbeugen«, sagte Mütze.

Karl-Dieter versuchte es, merkte aber, wie ihn zu schwindeln begann, und stellte sich rasch wieder aufrecht hin.

»Wahrscheinlich ist er am Ende des Geländers vorbei, vielleicht hat er sich auch unter dem Geländer durchgeschoben«, gähnte Mütze.

Karl-Dieter gruselte es noch stärker. Wer sich hier hinunterstürzte, der wusste, dass er keine Chance mehr hatte. Bei vielen anderen Selbstmordarten gab es noch ein Schlupfloch, eine Art letzten Ausweg, zum Beispiel wenn man Tabletten nahm oder den Gashahn aufdrehte. Etwas in ihm wollte plötzlich nicht mehr an Suizid glauben.

»Und wenn es doch ein Unfall gewesen ist?«

»Ausgeschlossen«, sagte Mütze müde, »dann hätte es Zeugen geben müssen. Wer geht denn allein auf so ein verrücktes Fest? Es sei denn, er will sich umbringen.«

»Man geht vielleicht nicht allein auf ein solches Fest, aber doch alleine zum Pinkeln. Was, wenn er heftigen Harndrang verspürt hat? Hier oben gibt's doch kein Pissoir. Denk an den offenen Hosenschlitz! Dann der Alkohol. Wenn's in der Zentrale rappelt, macht man schon mal leicht einen falschen Schritt.«

»Sicher richtig, Knuffi. Aber dann hätten seine Freunde sein Fehlen doch bemerkt und sich gemeldet, spätestens am nächsten Tag.«

»Vielleicht ist er tatsächlich alleine herauf, auch dann könnte es beim Pinkeln passiert sein.«

»So oder so, ein Verbrechen jedenfalls wird daraus nicht.«

Als sie den Berg hinabstiegen, war es dunkle Nacht geworden. Außerdem war es plötzlich unangenehm kalt. Mütze hatte unbedingt noch eine dritte Maß trinken wollen, und

Karl-Dieter hatte nicht die Energie gehabt, ihm zu widersprechen. Nun mussten sie aufpassen, wohin sie ihre Schritte setzten, die Wege waren unbeleuchtet. Zum Glück hatte Karl-Dieters Handy eine Taschenlampen-App. So kamen sie heil durch das Wäldchen und traten hinaus auf die Lichtung, wo auf halber Bergeshöhe das Kreuz den Aussichtspunkt markierte, pechschwarz hob es sich vor dem funkelnden Sternenhimmel ab. Karl-Dieter fielen wieder die Kinder ein, die hier von ihrer Hexenschwester gejagt worden waren. Er blieb stehen und schaute zum Felsgipfel zurück, dessen Kalkstein fahl leuchtete.

»Was ist?«, fragte Mütze.

»Angenommen, es ist wirklich kein Unfall gewesen.«

»Ist es nicht. Es war Selbstmord.«

»Ich meine, nur mal angenommen, jemand hätte das Teufelchen geschubst.«

»Und?«

»Stell dir vor, du stehst da oben, und jemand schubst dich, was würdest du machen?«

»Dich mit hinunterreißen«, lachte Mütze grimmig und packte Karl-Dieter an der Jacke.

Sie mussten nur ein paar leere Dosen herausholen, eine Bananenschale und eine zerknüllte Brottüte, dann hatten sie es gefunden. Das Stofftuch. Mütze spannte es zwischen den Händen aus, während Karl-Dieter es mit seinem Handy beleuchtete.

»Lauter reitende Hexen«, brummte Mütze.

»Sag ich doch.«

»Könnte jeder hier in der Walpurgisnacht verloren haben. Die waren doch alle blau.«

»Und das hier?«

Karl-Dieter deutete auf den unteren Teil des Tuches. Mütze stieß einen leisen Pfiff aus. Zugleich aber regte sich deutlicher Unmut in ihm. Wer von ihnen war denn hier der Kommissar? Dennoch, Karl-Dieter hatte zweifelsohne recht. Das Hexentuch war an dieser Stelle zerrissen. Während die anderen Kanten sauber gesäumt waren, war die untere Seite unregelmäßig ausgefranst. So kann ein Gewand aussehen, das jemand mutwillig zerrissen hat. Oder an dem sich jemand in Todesnot festgehalten hat. Richtig! Das war gar kein Kopftuch, das sah aus wie ein abgerissener Ärmel! Mensch, Karl-Dieter! Auch die Fundstelle hier unten passte. Wenn Regenfuß den Fetzen bei seinem Todessturz in der Hand gehalten hatte, konnte das Hexentuch nach dem Aufprall hierher geweht worden sein. Schnell fingerte Mütze eine Frischhaltetüte aus seiner Schimanskijacke. Wenn es gelang, an dem Stofffetzen DNA-Spuren von Regenfuß nachzuweisen, dann war der Fall wieder ein Fall. Und zwar sein Fall! Mütze drückte Karl-Dieter einen dicken Schmatz auf die Wange: »Du bist ein Schatz!«

Plötzlich kam ihm noch ein weiterer Gedanke.

»Bist du schon arg müde?«

»Keine Spur! Wieso?«

Was für eine Blödsinnsidee, bei vollkommener Dunkelheit hier oben herumzusuchen! Und doch wollte Mütze nicht auf morgen warten. Warum war er nicht schon früher darauf gekommen? Wie hatte er einen Hinweis so gedankenlos ignorieren können? Oder lag es daran, dass er älter wurde? Unfug, er nahm es noch locker mit jedem Jungen auf. Das Wichtigste war, dass er seinen Instinkt behielt, seine legendäre Nase. Sein Riechorgan war rehabilitiert, er hatte doch recht gehabt. Dieser Stoff hier bewies es, es hatte einen Todeskampf gegeben. Regenfuß hatte noch versucht, sich zu wehren, als die Hexe ihn hinabstieß, er hatte sich an ihrem Gewand festgehalten und ihr einen Ärmel abgerissen. Eine gute halbe Stunde irrten sie auf dem Walberla herum, das Fest war längst zu Ende und alle Gäste wieder unten im Tal. Karl-Dieter wollte den Boden weiter mit seinem Handy ausleuchten, aber Mütze sagte ihm, er solle die Batterie sparen, sie bräuchten die Lampe später noch. Außerdem gewöhnten sich ihre Augen langsam an die Dunkelheit. Zwar war vom Mond nur eine haarfeine Sichel zu sehen, aber das Licht der Sterne glich diesen Mangel aus. So einen Sternenhimmel findet man nur noch auf dem Land.

»Hier etwa muss es gewesen sein«, sagte Mütze plötzlich, »hier kommt der Weg von Leutenbach herauf, hier endet das Wäldchen. Hinter einem Stein am Wegesrand hat Regenfuß seine Papiere versteckt. Hier hat er vermutlich auch den Sekt geleert. Zusammen mit der Mörderhexe.«

»Wie kommst du darauf?«, fragte Karl-Dieter.

»Die Obduktion, der Mageninhalt!«, sagte Mütze. »In dem Einmachglas schwappte Frankensekt. Hat Krautwurst eindeutig diagnostiziert. Konnte sogar sagen, von welchem Hügel die Trauben stammten, unglaublich, der Mensch, einfach genial.«

»Und wieso soll Regenfuß den Sekt gerade hier getrunken haben?«

»Weil sie auf einem der Steine Rast gemacht haben. Hätte er den Sekt zu Hause getrunken, hätten wir eine leere Sektflasche bei ihm finden müssen. Dort standen aber nur unzählige Bierflaschen herum. Auch in seinem Lkw war keine Sektflasche. Verstehst du, Regenfuß ist ein klassischer Biertrinker. Wann trinkt ein Bierdimpfel Sekt?«

»Nur einer Dame zuliebe.«

»Erraten. Hätte sich Regenfuß nur Mut antrinken wollen, hätte er ein paar Bierchen hinuntergestürzt. Oder Schnaps. Sekt nur mit dem schönen Geschlecht.«

Mütze schnappte sich Karl-Dieters Handy und leuchtete hinter die Steine, die den Weg säumten. Als Mütze den bläulichen Lichtkegel in einen kleinen Graben fallen ließ, der hinter den Steinen entlanglief, spiegelte etwas in der Mulde. Eine Flasche. Mütze holte ein Paar Einmalhandschuhe aus der Jackentasche und schlüpfte hinein. Dann griff er zu.

»Escherndorfer Lump. Rieslingsekt, 2012 – Donnerwetter!«, entfuhr es Mütze. »Krautwurst ist wirklich ein Genie!«

Auf der Heimfahrt musste Karl-Dieter Mütze nochmals haarklein die junge Frau beschreiben, die dem Toten die Blume ins Grab geworfen hatte. Diese Begebenheit erschien Mütze plötzlich in neuem Licht. Karl-Dieter hatte zum Glück ein gutes Personengedächtnis. Die Dame sei um die dreißig, mittelgroß und schwarzhaarig, keine Brille. Die dunkle Haarfarbe könne durchaus echt sein, auch die Gesichtsfarbe sei dunkler gewesen, irgendwie südeuropäisch. Zu einem tiefblauen, recht kurzen Mantel habe sie eine ebenfalls tiefblaue Strumpfhose getragen, dazu schwarze Pumps. Offensichtlich war sie alleine gekommen, jedenfalls war Karl-Dieter kein Begleiter aufgefallen.

Wer sie wohl sein mochte? Mütze ärgerte sich, dass niemand Fotos geschossen hatte. Karl-Dieters Personenbeschreibung war zweifellos gut, aber die Frau damit zu identifizieren, schien ihm dennoch ein Ding der Unmöglichkeit zu sein. Außer, jemand von den anderen Trauergästen kannte sie. Bloß wer?

Heftig riss Mütze das Steuer herum. Karl-Dieter erschrak. Hier war doch noch nicht die Abfahrt Erlangen-Nord, hier war Möhrendorf! Mütze hatte eindeutig zu viel getrunken. »Nur eine kleine Blitzrecherche«, knurrte Mütze.

Im Gasthaus *Reck* war die junge, blonde Kellnerin dabei, die letzten Gläser zu spülen. Mütze grüßte sie mit kurzem Kopfnicken und sah sich um. Hinten im Eck saßen an ihrem Stammtisch als letzte Gäste noch die Ruudslöffl. An sich schon echte Säufer vor dem Herrn, schienen sie sich heute auf das Ableben ihres Kumpans noch ein paar zusätzliche Tässchen Bier gegönnt zu haben, jedenfalls schimmerten ihre Augen glasig, als Mütze mit Karl-Dieter an ihren Tisch trat.

»Guten Abend, die Herren. Entschuldigen Sie die Störung, nur eine Frage. Kennt jemand von Ihnen die Dame im blauen Mantel, die heute auf der Beerdigung die Blume ins Grab geworfen hat?«

Mit leicht geöffneten Mündern stierten die Ruudslöffl den Kommissar an. Dann blickte einer dem anderen in die glasigen Augen.

»Tut uns leid, Herr Kommissar, die Dame ist uns nicht bekannt«, kam es schließlich lallend zurück.

Nacht über dem schönen Frankenland. Karl-Dieter stieß dem schnarchenden Mütze bereits zum zweiten Mal den Ellenbogen in die Seite, als im nahen Möhrendorf drei dunkle Gestalten über das Gitter der Friedhofstür kletterten, mühsam und ungelenk, stille Flüche ausstoßend, auch ein leises Klirren war zu hören. Endlich hatten sie das Hindernis überwunden. Unruhig flackerten die Grablichter im Nachtwind, als die drei weiterschwankten. Vor dem letzten Grab blieben sie stehen. Einer von ihnen hatte einen Rucksack dabei, den er nun zu Boden gleiten ließ. Grinsend holte er drei Bierflaschen heraus, der Zweite öffnete sie mit seinen Zähnen, der Dritte griff in die Hosentasche und zog eine Spielkarte hervor. Zugleich hoben sie die Flaschen, stießen an und riefen: »Prost, Gerchla, alter Freund!« Dann nahmen sie jeder einen tiefen Schluck und warfen die Karte auf das frische Grab.

Professor Krautwurst war sogleich ins Institut geeilt. Ein echter Profi eben, immer einsatzbereit, selbst am frühen Samstagmorgen, wenn's drauf ankam. Mütze war ihm wirklich dankbar. Er machte Krautwurst ein Kompliment wegen seines unglaublichen Sensoriums.

»Es war tatsächlich ein Escherndorfer Lump!«

»Tatsächlich? Jahrgang 2012?«

»Wie Sie gesagt haben.«

»Hätte auch aus dem Jahr 1998 stammen können, ein ähnlich guter Jahrgang, für einen 1998er aber roch er mir eine Spur zu frisch.«

»Die Kollegen sichern schon die Fingerabdrücke. Tun Sie mir noch einen Gefallen?« Mütze zog die Frischhaltetüte hervor. »Untersuchen Sie bitte diesen Ärmel auf Anhaftungen? Wenn Sie Genmaterial fänden, wäre das fantastisch.«

Krautwurst nahm die Tüte entgegen und hielt sie gegen das Licht.

»Wo haben Sie diesen Fetzen denn her?«

»Lag unterhalb des Felsens, auf den Regenfuß aufgeschlagen ist.«

»Sie glauben immer noch an einen Mord?«

»Professor, der Ärmel ist unsere Chance. Wenn sich darauf Regenfuß' DNA findet, hat ihn jemand umgebracht.«

»Die Hexe, der dieser Fetzen hier gehört?«

»Exakt.«

»Mit der er den Sekt geleert hat?«

»Möglicherweise.«

Vergnügt verabschiedete sich Mütze und fuhr zur Inspektion. Krautwurst hatte ihm zugesagt, seine Laborantin sogleich an die Arbeit gehen zu lassen. Versprechen könne er natürlich nichts. Der Ärmel sei mit einer silbernen Glitzersubstanz bedampft, da falle der Nachweis von Genmaterial erfahrungsgemäß schwer. Aber sie würden schauen, was sich machen ließ. Sie hätten da eine neue Methode entwickelt. Kürzlich erst sei es ihnen gelungen, auf dem Fell eines Hundes die DNA eines Mannes zu identifizieren, der den Hund drei Tage zuvor gestreichelt habe.

Der Alte war stinksauer. Ob Mütze ihm nicht zugehört habe? Der Fall sei abgeschlossen. Selbstmord, eindeutig Selbstmord! Warum Mütze nicht ein einziges Mal eine Sache akzeptieren könne? Ob er jetzt jeden Müll vom Walberla analysieren lassen wolle? Ob er wisse, was das koste? Solch komplizierte Analysen gebe es nicht umsonst. Auch bei der Kripo müssten sie auf Wirtschaftlichkeit achten. Für überflüssige Untersuchungen sei kein Geld da. Sie seien doch gestern erst alle Punkte durchgegangen. Alles andere als ein Selbstmord sei ausgeschlossen. Mütze habe doch selbst die Antidepressiva entdeckt, die Geschäftsunterlagen, die völlig unauffällig waren. Auch das Resultat der Rechtsmedizin sei eindeutig, kein Hinweis auf Fremdverschulden. Keine einzige Zeugenaussage habe einen gegenteiligen Hinweis erbracht. Jetzt weiter im Dunkeln zu stochern, was sollte das bringen? Ob es auch nur einen einzigen Verdächtigen gebe? – Die Sektflasche? Lächerlich, wird er allein getrunken haben. Ja, ja, auch als Biertrinker! Abschied nehmen mit Stil. Es habe schon Selbstmörder gegeben, die hätten sich, bevor sie zum Strick griffen, eigens einen Maßanzug schneidern lassen, Bauernsöhne! Irgendein Motiv? – Nichts? Eben! Die Stoffanalyse sei definitiv die letzte Maßnahme in dieser Sache. Fände sich an dem Stoff kein Genmaterial von Regenfuß, sei der Fall damit endgültig abgeschlossen. Ein für alle Mal! Ob das klar sei?

»Ich hab eine ganz andere dringende Aufgabe für euch«, sagte der Alte beim Hinausgehen in grimmigem Ton, »beschafft mir Argumente, warum die Bergkirchweih nicht abgeschafft werden soll.«

In bester Stimmung verließ Mütze die Inspektion. Daher also die schlechte Laune des Alten! Er musste am Abend noch zu einer eilends einberufenen Podiumsdiskussion ins E-Werk. Als Erlanger Polizeichef sollte er mithelfen, die Bürger in letzter Minute zu überzeugen, das Volksfest in der jetzigen Form zu erhalten, darum hatte ihn der Bürgermeister dringend gebeten. Die Abstimmung fand bereits morgen statt, letzte Umfragen sagten ein äußerst knappes Ergebnis vorher, deshalb hatte man rasch noch eine Extraveranstaltung angesetzt, um unentschlossene Wähler für sich zu gewinnen. Das Problem nur war: Der Alte würde in Wahrheit wohl drei Kreuzzeichen machen, wenn die Bergkirchweih abgeschafft würde. Dann wäre er die ganze Verantwortung los: die Angst vor einem möglichen Anschlag, den Ärger mit den Besoffenen, den Berg von Überstunden, der sich wieder auftürmen würde. Und jetzt sollte er sich öffentlich für die Kerwa aussprechen. Kein Wunder, dass er noch unausstehlicher war als üblich. Ganz im Gegensatz zu Mütze, der fröhlich ein altes Stones-Lied vor sich hin pfiff: *Jumpin Jack Flash, it's a gas ...* Sie waren wieder im Spiel!

Auch Big-Chip hatte erneut Feuer gefangen. Vorerst aber blieb nichts weiter zu tun als abzuwarten, was die Stoffanalyse erbrachte. Wenn sie Glück hatten, lag das Ergebnis sogar schon heute vor. Unglaublich, was die moderne Technik alles möglich machte! Früher hatte man geschlagene zwei Wochen auf die Genanalyse warten müssen, selbst wenn man ein komplettes Damenbein gefunden hatte. Heute reichte eine Hautschuppe, und das Ergebnis stand ruckzuck fest. In Erlangen waren sie federführend in der Erforschung neuer wissenschaftlicher Methoden. Erlangen galt als »Medical Valley«, manche bezeichneten es gar als heimliche Welthauptstadt der Medizin. Zusammen mit der Universität entwickelten Siemens und eine Vielzahl kleiner, innovativer Unternehmen die erstaunlichsten Dinge, von denen auch die Kriminalistik profitierte. Und Krautwurst hatte seine Nase immer im Wind. Erst neulich war es dem Pathologen gelungen, eine Methode zu entwickeln, um aus dem Nasenschleim Verstorbener Pollen zu extrahieren, mit deren Hilfe man den letzten Aufenthaltsort des Toten genauestens bestimmen konnte. Revolutionär!

Mütze war so gut gelaunt, dass er beschloss, noch auf dem Markt vorbeizuschauen und Karl-Dieter ein kleines Frühlingssträußchen zu kaufen. Zwar hatte sich der Freund wieder verbotenerweise in die Ermittlungen eingemischt, diesmal aber war ihm Mütze echt dankbar, sodass er für eine solch überflüssige und schon bald verwelkte Investition fünf Euro auszugeben bereit war. Denn eines war klar: Wo stünden sie ohne Karl-Dieter? Seine Kinderliebe, die Mütze so oft verfluchte, hatte auch ihre positiven Seiten. Wie wären sie sonst an den Hexenärmel gelangt? Weil er schon mal auf dem Marktplatz war, besorgte sich Mütze gleich noch ein Bratwurstbrötchen beim Metzgerwagen. »Drei im Weckla«, bekam er schon so flüssig heraus wie ein gebürtiger Franke. Das »Pülleken Bier« aber, das er sich dazu bestellte, verriet seine eigentliche Herkunft.

Während es sich Mütze schmecken ließ, versuchte er sich vorzustellen, was in der Mordnacht am Fels passiert sein könnte. Mit irgendeinem Trick musste die Hexe Regenfuß an den Abgrund gelockt und ihn dann hinuntergestoßen haben. Wer aber war die Hexe? Die Dame in Blau vom Friedhof? Warum aber sollte sie, wenn sie denn die Mörderin war, zur Beerdigung ihres Opfers kommen? Noch dazu mit einer Blume? Es war ausgerechnet Karl-Dieter, der darin keinen Widerspruch sah. Im Gegenteil. Nach Karl-Dieters Ansicht könnte es sogar mehrere Gründe für dieses seltsam anmutende Verhalten geben. Das wahrscheinlichste Motiv war Eifersucht. Regenfuß hatte die Dame in Blau betrogen oder mit ihr Schluss gemacht. Um ihn ganz für sich zu haben, hatte sie den Mordplan ausgeheckt. Die Blume in seinem Grab war nichts anderes als ein letzter, bitterer Abschiedsgruß gewesen. Aber auch wenn die Hexe Regenfuß aus einem anderen Motiv getötet hatte, machte die Geste Sinn. Wie es manche Mörder magisch zum Tatort zurückzog, so manche auch zur Beerdigung. Es diente der Vergewisserung, der Bestätigung, dass die ungeheuerliche Tat auch tatsächlich passiert und das Opfer tot war.

Mütze öffnete die angebissene Semmel und ließ eine weitere Senfwurst hineinkringeln. Mit Big-Chip hatte er die Frage diskutiert, ob sie anhand von Karl-Dieters Beschreibungen ein Phantombild der Verdächtigen anfertigen lassen sollten. Mit diesem Bild konnten sie dann Kollegen durch Möhrendorf schicken. Big-Chip aber hatte abgeraten. Zunächst sollten sie die Stoffanalyse abwarten. Mütze habe doch gehört, was der Alte gesagt habe. Er würde ihren Zeichnern den Stift aus der Hand reißen.

Mütze schob sich den Rest des wunderbaren Frankenburgers in den Mund und hatte nun, da sein Appetit gestillt war, wieder Aufmerksamkeit für anderes. Auf dem Markt-platz standen jede Menge Aufsteller, die mit Plakaten zur Zukunft der Bergkirchweih bekleistert waren. »Schluss mit dem Stuss!«, war dort zu lesen, aber auch »Der Berg wird ewig rufen!«.

Bürgerbegehren waren beliebt in Erlangen. Zuletzt hatten sich die Bürger erfolgreich für den Erhalt ihres Groß-parkplatzes eingesetzt, der einer Gartenschau hätte weichen sollen. Das wäre aber auch wirklich einer Katastrophe gleichgekommen, dachte Mütze grinsend und spülte mit dem letzten Schluck Bier nach. Welche Stadt konnte schon einen Großparkplatz ihr Eigen nennen? Nun also die Berg-kirchweih. Die Meinung bei den Kollegen war gespalten. Stammten sie aus Erlangen oder der näheren Umgebung, waren sie zumeist glühende Verfechter der Beibehaltung des Festes, bei den zugereisten Kollegen hingegen domi-nierten die Bergkirchweihgegner. Auch ihr Chef war zuge-reist. Big-Chip hatte leider recht, der Alte war mies drauf und wurde immer verschrobener. Aus Kostengründen eine Mordermittlung zu stoppen, wer wäre je auf eine solch ab-surde Idee gekommen?

Mütze orderte noch ein zweites Bierchen, musste gähnen und ließ seinen Blick schweifen. An einem der Häuser hin-ter dem Metzgerstand blieb er hängen, dort war eine Tafel angebracht. »Hier wohnte der Dichter August Graf von Pla-ten-Hallermund 1819–1826«, war da zu lesen. Karl-Dieter hatte ihm von Platen erzählt. Ein tragisches Schicksal. Nach Erlangen war Platen aus verschmähter Liebe gekommen. In Würzburg hatte er sich Hals über Kopf verliebt, seinen Mut zusammengenommen und seine Liebe gestanden. Platens Problem dabei sei gewesen: Er verliebte sich ausschließlich in junge Männer. Und der Würzburger Kommilitone hatte völlig entsetzt auf die Liebesbotschaft reagiert. Platen blieb nichts anderes übrig, er musste fort. Schwulsein galt in damaligen Zeiten als Krankheit, als Verbrechen gar, weshalb Platen sein Lebensglück nicht finden konnte. Ob er heute glücklicher wäre?

Mütze trank sein Bier aus und schaute auf die Uhr. Es war exakt Mittag. Er beschloss, nach Hause zu fahren. Konnte nicht schaden, sich ein Stündchen aufs Ohr zu legen. Außerdem wollte er Karl-Dieter ja mit den Blumen überraschen, solange sie noch frisch waren.

»Olé, Be-Vau-Behe, olé-olé ...«

Mütze schreckte hoch und war sofort hellwach.

»Bin gleich da, Herr Professor!«

Zehn Minuten später war er in der Rechtsmedizin. Krautwurst führte ihn in ein Labor, an dessen Wand mithilfe von Magneten verschiedene Papierzettel an einer weißen Tafel fixiert waren.

»Sehen Sie hier, Herr Kommissar, wir konnten eine komplette DNA identifizieren.«

Mütze hielt den Atem an und schaute auf die Grafik, auf die der Rechtsmediziner deutete. Darauf waren lauter kleine x zu sehen, sorgfältig zu gleich großen Paaren geordnet. Das waren die Chromosomen, so viel verstand auch Mütze von Biologie.

»Schauen Sie hier unten, das letzte Pärchen«, sagte der Professor, »fällt Ihnen etwas auf?«

Mütze kniff die Augen zusammen.

»Ehrlich gesagt, nein, die Dinger sehen identisch aus.«

»Gut beobachtet. Wir haben es mit zwei x-Chromosomen zu tun, leider, möchte ich sagen, denn somit stammt die DNA-Spur von einer Frau.«

Mütze blickte den Professor enttäuscht an.

»Gibt es keine zweite DNA?«

»Tut mir leid, nein, wir haben den ganzen Ärmel untersucht. Es fand sich nur diese eine Spur.«

Mütze nickte. Er hatte verstanden. Ihre Hoffnungen, seine Hoffnungen hatten sich nicht erfüllt. Sie standen erneut mit leeren Händen da. Der Alte würde triumphieren, würde sagen, dass er es ja gleich gewusst habe. Und dass der Fall hiermit endgültig zu den Akten gelegt würde.

Krautwurst sah Mütze die Enttäuschung an und wollte ihn trösten.

»Dass wir keine männliche DNA gefunden haben, schließt natürlich nicht aus, dass Regenfuß seinen Mörder nicht doch beim Kleid gepackt hat. Wie ich schon sagte, Spuren auf metallbedampften Stoffen zu finden ist äußerst unsicher. Zufall, dass wir überhaupt Material erwischt haben.«

»Können wir es für einen Abgleich mit unserer Gendatenbank verwenden?«, fragte Mütze.

»Sie vermuten, es stammt von der Mörderin?«

»Ich vermute, es stammt von einer Hexe.«

Als Mütze wieder draußen war, rieb er sich die Augen. So ein Mist! Wie sehr hatte er gehofft, Genspuren von Regenfuß auf dem Hexenärmel zu finden. Was sollte man mit der weiblichen DNA anfangen? Gut, sie würden in der Verbrecherdatei nachsehen, aber Mütze versprach sich im Grunde nichts davon. Das war doch nicht die Tat einer Serienmörderin. Außerdem konnte die DNA auch von einem der drei Mädchen stammen oder von deren Mutter, die den Stoff zuletzt in der Hand gehabt hatte, bevor sie ihn in den Abfalleimer warf.

Und selbst die Sektflasche, was half sie noch? Auch wenn sich außer Mützes Fingerabdrücken noch weitere darauf fänden, was war damit bewiesen? Wie viele völlig unschuldige Menschen mögen die Flasche in den Händen gehabt haben? Der Winzer, der Lagerist, die Supermarktverkäuferin. Wollte er die jetzt alle verhaften? Vielleicht war es ja tatsächlich so gewesen, dass sich Regenfuß vor seinem Sprung in die Tiefe noch allein auf einen Stein gesetzt hatte, um auf seinen eigenen Tod zu trinken. Ein armer Teufel im doppelten Sinne. Hatte versucht, die leise Stimme, die ihn ins Leben zurückrufen wollte, durch den Schampus zum Schweigen zu bringen. Als ihm der Sekt zu Kopf stieg, war er aufgestanden und hatte sich von der Klippe gestürzt.

Auch wenn Mütze nun wieder mit hartnäckigem Trotz an einen Mord glauben wollte, er musste sich eingestehen: Die Sache war gelaufen. Der Alte würde den endgültigen Abschlussbericht anfordern, und Mütze würde ihm nicht widersprechen. Mit welchem Argument denn auch? Und die Person, die den Mord begangen hatte, würde triumphieren. Etwas Besseres konnte ihr nicht passieren. Damit war es der perfekte Mord. Eben weil es offiziell kein Mord war, sondern Selbstmord. Konnte ein Mord nicht aufgeklärt werden, wurde der Mörder immerhin dadurch bestraft, dass er weiter damit rechnen musste, dass seine Tat aufgedeckt wurde. Und das war keine geringe Strafe! Wie viele Fälle gab es, wo ein Mörder noch nach zehn, zwanzig, ja dreißig Jahren überführt wurde. Sei es durch Zeugenaussagen, sei es durch moderne Analysemethoden. Wie mochte es einem nicht überführten Mörder gehen, wenn er in der Zeitung las, wie man einen Schurken nach dem anderen ausfindig machte? Die Angst würde immer wieder in ihm aufsteigen, die quälende, nie kleinzukriegende Angst, doch noch die gerechte Strafe zu erhalten. Mord verjährt nicht. Galt ein Mord jedoch als Selbstmord, schlossen sich automatisch alle Ermittlungsakten. Niemand würde jemals wieder auf die Idee kommen, nach einem Mörder zu suchen. Oder nach einer Mörderin. Warum auch? Es gab ja im Bewusstsein der Öffentlichkeit keinen. Der Täter konnte sich völlig sicher fühlen. Mütze trat ärgerlich mit dem Fuß gegen einen Stein, der darauf so heftig die Straße entlangsprang, dass ein kleiner Pudel erschrocken zu bellen begann.

»Mistvieh«, zischte Mütze.

Als er zu seinem Wagen ging, fing sein Handy an zu lärmen. Karl-Dieter war dran. Und er hatte eine Neuigkeit.

»Eine Wahn-sinns-neuigkeit! Setz dich lieber, damit du nicht umfällst!«

»Spuck's schon aus!«

»Ich habe sie gefunden!«

»Wen?«

»Na, die blaue Frau!«

»Wo?«

»Ich will ins Theater und geh die Hauptstraße entlang, da sehe ich sie in einem Geschäft. Sie ist Verkäuferin!«

»Wo?«

»Brautmoden Heberlein.«

Mütze lief sofort los. Er ließ den Manta stehen und nahm den Weg durch den Schlossgarten, zu Fuß war man in Erlangen oft am schnellsten unterwegs. Den Laden kannte er gut. Wie oft hatte er Karl-Dieter bei ihren sonntäglichen Spaziergängen von den Auslagen fortziehen müssen! Karl-Dieter liebte Schuhgeschäfte, Schmuckläden, Auslagen mit schicker Wäsche. Am meisten aber Brautmodengeschäfte. Nicht zufällig war er dort heute wieder vorbeigegangen.

Karl-Dieter wartete vor dem Schaufenster. Zusammen äugten sie so unauffällig wie möglich zwischen den Hochzeitskleidern hindurch in den Laden hinein. Die dunkelhaarige Verkäuferin war gerade dabei, eine rundliche Kundin zu bedienen. Karl-Dieter nickte, und auch Mütze meinte, sich zu erinnern. Schnell zog er seinen Polizeiausweis heraus, eine in Plastik verschweißte Karte, erbat sich Karl-Dieters Brillenputztuch und polierte sie glänzend.

»Willst wohl einen guten Eindruck machen?«, frotzelte Karl-Dieter, der dafür von Mütze einen Ellenbogenknuff erntete.

»Komm mit«, sagte Mütze entschlossen, zu zweit betraten sie den Laden.

»Einen Moment, ich bin gleich für Sie da«, sagte die Verkäuferin mit einem Lächeln.

»Kein Problem«, antwortete Karl-Dieter, »wir haben Zeit.«

Mütze war es ziemlich unangenehm, die Sache nicht gleich klären zu können. Mit Karl-Dieter zusammen in einem Brautmodengeschäft zu stehen war ihm peinlich. Am liebsten hätte er draußen gewartet. Karl-Dieter aber strahlte und nutzte die Zeit, sich die schönen Kleider anzuschauen. Er war keine Tunte, Gott bewahre! Wenn er daheim manchmal schwarze Strumpfhosen trug, dann doch nur, weil die so schrecklich bequem waren. Aber auch wenn er keine Tunte war, wer konnte im Ernst einem Brautkleid widerstehen?

Sie waren schon gelegentlich auf der ein oder anderen Schwulenhochzeit gewesen. Karl-Dieter hatte es stets gestört, dass beide Partner immer so langweilige Anzüge trugen. Das machte doch optisch nichts her. Wenn er mal heiratete, würde er, wenn es schon kein Hochzeitskleid sein durfte, zumindest einen schneeweißen Smoking anhaben. »Weiß trägt auf«, hatte Mütze darauf geantwortet, weshalb Karl-Dieter drei Tage lang eingeschnappt gewesen war. Erstens war das eine saublöde Bemerkung, und außerdem stimmte sie nicht. Als würde eine Braut in Weiß dick aussehen!

Karl-Dieter seufzte still. Wenn Mütze doch in solchen Dingen endlich mal etwas lockerer würde! Was war denn gegen etwas Glamour einzuwenden?

Die Beratung zog sich hin. Die angehende Braut, eine nicht mehr ganz junge Dame, wollte partout nicht einsehen, warum die von ihr ausgesuchten Kleider, in die sie sich hineinzwängte wie ein Rodler in seinen Rennanzug, nichts für sie sein sollten. Bei ihrer ersten Hochzeit habe sie ein noch viel engeres Kleid getragen, stieß sie hervor und japste nach Luft. Außerdem schien es ihr nicht zu passen, dass zwei Herren bei der Anprobe zugegen waren, weshalb Mütze erneut den Drang verspürte, lieber draußen zu warten. Plötzlich aber entschied sich die Matrone für das rosafarbene Kleid, in dem sie aussah wie ein Riesenbonbon kurz vor dem Verfallsdatum, bat, es für sie zurückzulegen, und verließ triumphierend das Geschäft.

»Sie wünschen?«, fragte die Verkäuferin und ließ sich nicht anmerken, dass zwei Herren eine doch ziemlich ungewohnte Kundschaft waren.

Mütze reichte ihr diskret seinen Ausweis, worauf das Lächeln von ihren Lippen schwand. Sie gab ihm den Ausweis zurück und warf einen raschen Blick zur Tür. Hatte sie Angst, dass Kundschaft auftauchen könnte?

»Wie bitte ist Ihr Name?«

»Gumbmann. Rosalie Gumbmann.«

»Frau Gumbmann, nur ein paar kurze Fragen. Kannten Sie Herrn Regenfuß?«

Die Verkäuferin sah Mütze erschrocken an.

Mütze wiederholte seine Frage in eindringlichem Tonfall. »Frau Gumbmann, kannten Sie Herrn Regenfuß?«

Die Verkäuferin nickte schwach.

»Woher kannten Sie ihn?«

»Können wir in den Nebenraum gehen?«

Nervös sperrte die Verkäuferin die Ladentür ab und führte Mütze und Karl-Dieter in ein hinter dem Ausstellungsraum gelegenes Zimmer, in dem auf einem großen Tisch eine riesige Nähmaschine stand. Sie setzten sich auf drei Klappstühle, und die Verkäuferin schlug bekümmert die Augen nieder.

»Und?«, sagte Mütze.

»Wir haben uns im Netz kennengelernt«, antwortete sie leise.

»Im Netz?«

»In einem Partnerportal.«

»Haben Sie sich befreundet?«

Die Verkäuferin nickte.

»Waren Sie ein Paar?«

Rasch schüttelte sie den Kopf.

»Nicht richtig«, sagte sie.

Zunächst hätten sie nur miteinander gechattet, wie man das so macht, das sei vor etwa einem Jahr gewesen. Dann sei der Wunsch entstanden, sich zu treffen.

»Das ist nicht irgendein Partnerportal, das ist ein ganz spezielles«, flüsterte die Verkäuferin verlegen.

Das Portal heiße »Theaterspielchen«. Man schlüpfe dort in bestimmte Rollen, die man frei auswählen könne.Teilweise seien das historische Gestalten, einer zum Beispiel sei Napoleon, ein anderer Cäsar, der seine Kleopatra suche. Treffe man sich, dann vereinbare man genaue Details, oft ein exaktes Drehbuch, wie beim Film. Manche studierten die Rollen vor einem Treffen sogar Wort für Wort ein.

»Und Sie haben sich mit Georg Regenfuß getroffen?«

Die Verkäuferin nickte.

»Als Hexe.«

»Nein! Wie kommen Sie denn darauf?«, fragte die Verkäuferin empört.

»Als was dann?«

»Muss ich das sagen?«

»Frau Gumbmann, wir sind hier nicht zum Spaß, wir ermitteln in einem Mordfall.«

Nun wurde die Verkäuferin noch blasser.

»In einem Mordfall? Aber Georg hat sich doch das Leben genommen!«

»Frau Gumbmann, wenn es kein Hexengewand war, was war es dann?«

Die Verkäuferin deutete auf ein schneeweißes Hochzeitskleid, das im Eck hing.

»Das Gewand dort?«

Sie nickte. In diesem Augenblick begann Mützes Handy zu lärmen. Mit einer raschen Bewegung stellte er es stumm.

Georg habe sie überredet, ein Hochzeitspaar zu spielen. Er habe sich einen Zylinder und einen schwarzen Anzug geliehen. Damit sei er an einem windigen Septemberabend zu ihr gekommen, und sie habe ihn in diesem Kleid empfangen.

»Und dann?«

»Dann haben wir Hochzeit gespielt.«

»Frau Gumbmann, ich will keine Details wissen, aber sagen Sie mir bitte: Wurden Sie intim?«

Die Verkäuferin errötete und blickte zu Boden. Dann schüttelte sie verneinend den Kopf.

»Frau Gumbmann, wo waren Sie in der Nacht zum 1. Mai?«

»Bei mir in der Wohnung, gleich über dem Laden.«

»Allein?«

»Mit meinem Kater.«

Karl-Dieter musste sich verabschieden, es war höchste Eisenbahn. Er hattte dringend die Kulissen für die Premiere von *Romeo und Julia* aufzubauen. Mütze wollte noch etliche Dinge wissen und verabschiedete sich dann ebenfalls. Sagte die Verkäuferin die Wahrheit? Verheimlichte sie etwas? Hatte sie womöglich ein Motiv? So schnell der Kontakt entstanden sei, so schnell sei er auch wieder zu Ende gewesen, hatte Frau Gumbmann beteuert. Bei dem einen Treffen sei es geblieben. Sie hätten noch das ein oder andere Mal gechattet, mit der Zeit immer seltener, schließlich sei die Freundschaft eingeschlafen.

Mütze war sich nicht sicher, was er davon halten sollte. Die Verkäuferin hatte angedeutet oder zumindest nicht bestritten, dass sie sich wohl gerne häufiger mit Regenfuß getroffen hätte. Ob sie arg enttäuscht gewesen war, als er ihr diesen Wunsch nicht erfüllte? Ob sie sich gekränkt gefühlt hatte? Ob sie mitbekommen hatte, dass sich Regenfuß einer anderen Dame zuwandte? Neid? Eifersucht? Hass? Ob sie sich an ihm rächen wollte? Ein Alibi hatte sie nicht. Und als Schneiderin war es ihr ein Leichtes, sich ein Hexenkostüm zu nähen.

Als Mütze wieder auf der Straße stand, ließ er seinen Polizeiausweis in eine Frischhaltetüte gleiten. Alter Pfadfindertrick. Mütze schlug den Weg zurück zur Rechtsmedizin ein, wo sein Manta stand. Dann brauste er los zur Spusi.

Gößwein war in seinem Labor, die Sektflasche stand auf der spiegelnden Arbeitsfläche.

»Gut, dass du kommst. Wollte dich gerade anrufen. Wir haben die Fingerabdrücke des Toten gefunden und außerdem noch Abdrücke von zwei weiteren Personen sichern können. Abgleich mit der Datei allerdings negativ.«

»Könntest du bitte noch überprüfen, ob sich dieselben Fingerabdrücke auf meinem Ausweis feststellen lassen?«

Gößwein schaute ihn verblüfft an.

»Keine Sorge, ich will mich nicht selbst überführen. Auf dem Ausweis befinden sich die Abdrücke einer Tatverdächtigen.«

»Okay«, sagte Gößwein zögernd. Er wusste, dass der Fall offiziell abgeschlossen war, und wunderte sich über Mützes ungebrochenen Aktionismus. Verrannte sich da jemand in einen Fall? So etwas hatte er schon öfter erlebt: Ermittler, die aus reiner Sturheit und Rechthaberei nicht aufgeben wollten. Gehörte Mütze dazu?

Der Kommissar dankte und ging zurück zu seinem Manta. Einmal nur Glück zu haben in dieser Sache, nur ein einziges Mal! Die Verkäuferin jedenfalls hatte seltsam gewirkt. Wer macht denn das, sich mit einem Mann treffen, den man nur aus dem Internet kennt, und gleich in ein Hochzeitskleid schlüpfen? Da ging man doch erst einmal zusammen Kaffeetrinken. Man konnte schließlich nie wissen, mit wem man es zu tun hatte. Wie viele Perverse mochten sich in solchen Chatrooms herumtreiben? Da traf man sich doch nicht gleich privat. So etwas tat nur jemand, der das Risiko liebte, das Unwägbare, nicht Vorhersehbare. Den Nervenkitzel. Und was für einen größeren Kitzel konnte es geben, als sich um Mitternacht mit dem Teufel auf einem magischen Berg zu treffen? Nein, die Braut war verdächtig, absolut verdächtig. Zudem hatte sie kein Alibi. Und wie sie zusammengezuckt war, als während der Vernehmung sein Handy zu singen begonnen hatte. – Sein Handy! Mütze griff in die Taschen. Wer hatte ihn sprechen wollen? Auf der Mailbox war eine Nachricht. Die nette Frau vom Servicecenter im MediaMarkt. Sie habe etwas für ihn, klang es geheimnisvoll. Mütze blieb stehen und drückte die Rückruftaste. Besetzt. Er schaute auf die Uhr. Halb sechs. Wenn er sich beeilte, würde er es noch schaffen.

Erneut fuhr er wie ein Henker. Der Computer von Regenfuß! Die nette Servicedame vom MediaMarkt war ein Engel. Regenfuß hatte seine Einsamkeit damit verscheucht, sich in Chatrooms herumzutreiben, hatte dort mit Frauen angebändelt und sich mit ihnen getroffen. Wie hieß noch gleich das Portal? »Theaterspielchen«. Das könnte passen. Zunächst hatte sich Regenfuß mit der Brautmodenverkäuferin zum Hochzeitspielen verabredet, sie war ihm jedoch zu langweilig gewesen, und er hatte sich eine neue Partnerin angelacht. Als daraus nichts wurde, hatte er vielleicht doch noch mal ein Date mit der Braut vereinbart. Hatte mit ihr verschiedene Rollen durchgesprochen, dann hatten sie sich auf Teufel und Hexe geeinigt. Regenfuß war mit ihr aufs Walberla gestiegen. Es kam zum Streit, und sie hatte ihn hinuntergestoßen. Vielleicht war es auch Notwehr gewesen. Er wollte ihr an die Wäsche, und sie hatte sich gewehrt. Als er schreiend den Fels hinabstürzte und sie um ein Haar noch mit hinabgezogen hätte, war sie im zerfetzten Hexengewand panisch den Berg hinuntergerannt und hatte sich daheim in ihre Kissen vergraben. Und sich nicht getraut, zur Polizei zu gehen und zu gestehen, was passiert war. Oder war die Hexe doch eine andere gewesen, eine Neue? Vielleicht würden sie ihr mit der Sektflasche auf die Spur kommen, ganz gewiss aber mithilfe von Regenfuß' Computer. Mit wem sich Regenfuß auch immer für die Walpurgisnacht verabredet hatte, der Laptop würde es ihnen verraten, für Big-Chip war das eine Kleinigkeit. Noch während Mütze über die Europakanal-Brücke düste, griff er zum Handy.

»Big-Chip? Ein ganz großes Ding! Halte dich bereit. – Im Kasten. Bin in einer halben Stunde dort.«

Im Autoradio spielten sie *Highway to Hell*. Mütze drehte bis zum Anschlag auf, sodass die alten Boxen auf der Hutablage zu scheppern begannen. Der Song passte perfekt.

Es war kurz vor sechs, als Mütze beim MediaMarkt eintraf. Zum Glück hatte der Pavillon mit der Servicestelle noch geöffnet. Die nette Mitarbeiterin war gerade dabei, Prospekte in verschiedene Fächer zu sortieren. Als Mütze eintrat, erkannte sie ihn sogleich und zwinkerte ihm zu. Sie habe eine echte Überraschung für ihn, sagte sie strahlend und ging in das Hinterzimmer, um gleich darauf mit einem großen Karton zu erscheinen.

»Herzlichen Glückwunsch«, sagte sie, »Ihr Ersatzgerät. Funkelnagelneu!«

»Ersatzgerät?« Mütze starrte verblüfft auf den Karton.

»Ich wusste, dass Sie sich freuen. China meldet, die Festplatte sei geschrottet. Reparatur lohnt sich nicht. Deshalb exklusiv für Sie dieser nagelneue Computer. Sie müssen nur hier unterschreiben.«

»Das muss ein Irrtum sein. Ich will keinen neuen Computer. Ich will den gebrauchten zurück!«

»Das ist leider nicht mehr möglich, er ist längst auf einer chinesischen Müllkippe. Wissen Sie, eine Reparatur lohnt sich heutzutage nur noch selten, da spendieren die Chinesen gerne ein neues Gerät. Freuen Sie sich doch!«

Mütze fasste sich an den Kopf und verstand die Welt nicht mehr. Entsetzt rief er: »Aber Sie haben mir doch versprochen, dass ich das alte Gerät zurückkriege!«

»Zeigen Sie mir bitte mal den Zettel«, sagte die Servicedame und wurde plötzlich förmlich.

Ärgerlich fingerte Mütze das gelbe Knitterpapier hervor und reichte es unwirsch über die Theke. In diesem Moment läutete sein Handy. Diesmal ging er gleich dran.

»Gößwein? – Prima! Und? Nichts? Keine Übereinstimmung? Mist ... nein, trotzdem danke! – Ach, könntest du mir einen Gefallen tun? Schick meinen Ausweis doch bitte noch zur Rechtsmedizin, ja, zu Krautwurst. Vielleicht kann er etwas Genmaterial herunterkratzen. Ja, bitte gleich, danke. Nein, nein, keine Angst, der Alte wird keine Schwierigkeiten machen, ich nehme alle Schuld auf mich.«

Das war doch zum Mäusemelken! Wie hatte es Andy Möller mal so schön ausgedrückt? »Erst hast du kein Glück, und dann kommt noch Pech hinzu!« Oder war der Spruch von Lothar Matthäus gewesen? Oder von einem anderen Bayern-Spieler? Egal. Keine Fingerabdrücke von der Braut auf der Sektflasche. Das schloss zwar nicht aus, dass sie trotzdem etwas mit dem Mord zu tun hatte, schließlich hätte sie auch auf dem Stein sitzen können und den Teufel alleine trinken lassen. Oder sie hatte sich den Schampus im Plastikkelch servieren lassen und diesen dann weggeschmissen. Nachweisen jedenfalls konnte man ihr nichts. Noch nicht! Was war denn nun mit dem Computer? Mütze ließ sein Handy wieder in die Tasche gleiten und sah ungeduldig zu, wie die Servicefrau den zerknitterten Zettel mit penibler Sorgfalt glatt strich und studierte. Plötzlich klopfte sie triumphierend mit dem rechten Zeigefinger auf ein kleines Feld: »Hier ist es angekreuzt, schauen Sie: Im Falle zu aufwendiger Reparaturmaßnahmen bin ich mit einem Neugerät einverstanden.«

»Aber das stammt doch nicht von mir, das hat doch Regenfuß angekreuzt!«

»Der Mann, dem der Computer gehört? Dann haben wir doch alles richtig gemacht!«

Als Mütze eintraf, saß Big-Chip bereits im Büro. Er war bester Stimmung, hielt seine rechte Hand hoch und spreizte alle Finger, mit der Linken hingegen formte er mit Daumen und Zeigefinger ein O. Mütze sah ihn verständnislos an.

»Fünf zu null«, rief Big-Chip, sprang auf und führte einen Indianertanz auf, »wir haben die Bayern im DFB-Pokal fünf zu null vom Platz gefegt!«

»Freut mich«, sagte Mütze müde und warf sich in seinen Bürostuhl.

»Hallo, was ist denn mit dir?«, fragte Big-Chip. »Fünf zu null gegen die Bayern, da muss doch jedes Fußballerherz vor Freude hüpfen!«

»Gratuliere«, sagte Mütze und strich sich über die Stirn.

»Mann, Mütze, was ist los? Am Telefon warst du noch voller Enthusiasmus.«

»So schnell kann sich der Wind drehen.« Und er begann seinem Kumpel zu berichten, was passiert war.

Big-Chip riss die Augen auf. Geschrottete Festplatte? Gar kein Problem! Die Daten seien noch lange nicht verloren, die würde er alle wieder herbeizaubern.

»Kannst du auch einen Laptop von einer chinesischen Müllkippe herbeizaubern?«

»Allmächd!«

»Jetzt gibt es wirklich nur noch einen, der uns helfen kann.«

»Wer soll das sein?«

»Du.«

Mit einem Schlag war Big-Chips gute Laune verflogen. Selbst wenn der Club zweistellig gegen die Bayern gewonnen hätte, hätte das nichts daran geändert. Big-Chip war erschüttert. Das hatte er Mütze nicht zugetraut, das durfte nicht wahr sein! Niemals! Niemals im Leben würde er das tun! Freundschaft hin, Freundschaft her, das ging zu weit. Meilen zu weit. Was Mütze da von ihm verlangte, war ein Verbrechen. Waren sie dafür da, Verbrechen zu begehen oder Verbrechen aufzuklären?

»Verrat mir das mal!«, zischte Big-Chip und sah sich nervös um. »Mann, Mütze, wir machen uns strafbar; weißt du, was das bedeutet? Wenn das auffliegt, verlieren wir unsere Jobs! Und alle Pensionsansprüche!«

Mütze sagte nichts darauf, spielte nur mit einem Kugelschreiber und schaute in den Abend hinaus.

»Jetzt sag halt was. Verrat mir, wie wir das dem Alten erklären sollen. Du kennst die Regeln so gut wie ich. Die Daten kriegen wir nur durch das Partnerportal selbst.«

»Dafür brauchen wir aber einen gerichtlichen Beschluss.«

»Ganz genau. Freut mich, dass dein Verstand wieder zu funktionieren scheint.«

»Und den gerichtlichen Beschluss werden wir nicht bekommen.«

»Und warum nicht? Weil die Faktenlage zu dünn ist, Mütze, begreif das endlich! Mach, was du willst, aber lass mich damit in Ruhe!«

Eine halbe Stunde später hatte er es geschafft. Big-Chip war drin. Auf dem zentralen Server von »Theaterspielchen«.

»Mann, Mann, Mann! Was bin ich nur für ein Idiot, was für ein verdammter Idiot«, murmelte er vor sich hin, während er in atemberaubendem Tempo auf den Tasten herumhämmerte, »der größte Idiot, der je in Franken herumgeschlichen ist. Gib mir noch mal deinen Zettel!«

Mütze schob ihm den gelben Auftragsschein hinüber.

»Wann, sagtest du, hat das Brautpaar miteinander gechattet?«

»Letzten Sommer. Intensiv wahrscheinlich Anfang September, kurz bevor sie sich als Braut und Bräutigam getroffen haben.«

Big-Chip haute die IP-Nummernkombination von Regenfuß' Computer in den Rechner. Auf einen weiteren Tastenbefehl hin flammte plötzlich ein langer Dialog auf.

»Bitte sehr«, sagte Big-Chip kopfschüttelnd und drehte seinen Bildschirm zu Mütze.

Elektrisiert überflog Mütze die Texte. Klasse, genau danach hatte er gesucht! Schien sich alles so zugetragen zu haben, wie es die Brautmodenverkäuferin erzählt hatte. Das Kennenlernen, die Verabredungen zu dem Treffen, die Hochzeitsvorbereitungen. Nur wurde klar, dass Frau Gumbmann einen deutlich aktiveren Part eingenommen hatte, als es beim Gespräch rübergekommen war. Zahlreiche Ideen stammten von ihr. Und auch nach dem Treffen war es eindeutig sie, die den Kontakt weiter aufrechterhalten wollte. Drohungen aber fanden sich keine, auch keine Vorwürfe oder harten Worte. Nur eine leise, resignierende Trauer war spürbar. Big-Chip schielte ebenfalls auf den Bildschirm. Auch Fotos hatte sie hochgeladen. Das eine war ein hübsches Porträt, das wohl schon etliche Jahre alt sein musste. Es trug den Namen *Weiße Fee*, mit diesem Namen unterschrieb die Verkäuferin auch, während sich Regenfuß als *Einsamer Hecht* ausgab. Auch von ihm fand sich ein Profilfoto. Auf dem Bild versuchte er einen auf George Clooney zu machen, was im fotografischen Desaster endete. Zwei weitere Fotos zeigten die weiße Fee in verschiedenen Hochzeitsgewändern, die der einsame Hecht jeweils mit einem »Wow!« kommentierte, sich aber dann doch das zweite wünschte. Mütze erkannte das Kleid wieder.

»Zufrieden?«, grummelte Big-Chip.

»Und nun bitte Regenfuß' jüngste Kontakte!«

Big-Chip seufzte, machte aber weiter. Jetzt war bereits alles egal, sie saßen eh schon im Kittchen. Illegaler ging's nicht mehr. Er sah schon die Schlagzeile in der *BILD*: »Frankens größter Hacker gefasst!« Unmutig drückte er auf seiner Tastatur herum, es dauerte nicht lange, und eine neue Seite leuchtete auf. Kerzengerade saß Mütze plötzlich vor dem Bildschirm. Das gab's doch nicht! Volltreffer! Er hätte Big-Chip küssen können! Hexe und Teufel! Der ganze Dialog in allen Einzelheiten!

»Mann, super, Big-Chip, danke!«

»Versprich mir nur eines: Wenn man uns verhaftet, komm nicht auf die Idee, dir eine Gemeinschaftszelle zu wünschen.«

»Keine Sorge! Und ich versprech dir noch viel mehr.«

»Was denn?«

»Wenn sie uns die Pensionsansprüche streichen, führe ich dich jede Woche zur Erlanger Tafel aus.«

Karl-Dieter war noch wach, als Mütze nach Hause kam. Er war gerade dabei, fröhlich pfeifend ein neues Gedicht an ihre Schiefertafel zu schreiben:

Im Frühling an Flusses Rand zu sitzen mit Wein geziemts,
Das Weinen zu lassen und der Lust sich zu weihn geziemts,
Zehn Tage währet wie Rosen unsres Lebens Frist;
Lächelnd von Mund und frisch von Antlitz zu sein geziemts.

»Shakespeare?«, fragte Mütze.

»Nee, Friedrich Rückert. Übersetzung, das Original stammt von Hafis.«

Karl-Dieter war ziemlich angeheitert. Die Premiere war ein voller Erfolg gewesen und die Premierenfeier rauschend und lang.

»Stell dir vor, dauernd wollte mich unsere Theaterchefin küssen«, grinste Karl-Dieter. »Mein Balkon sei der schönste, den sie je gesehen habe, hat sie immer wieder gesagt, und ich hab gesagt, dieses Kompliment, liebe Chefin, kann ich nur zurückgeben.«

Mütze lachte und machte sich ein Bier auf, Karl-Dieter hob sein Weinglas und deklamierte: »Es war die Nachtigall und nicht die Lerche, die eben jetzt dein banges Ohr durchdrang.«

Sie setzten sich an den Tisch, und Mütze erzählte. Das war er Karl-Dieter schuldig. Wo stünden sie schließlich ohne dessen Spürsinn? Und außerdem brauchten sie ihn nun notwendiger denn je. Aber vorher musste Karl-Dieter noch hoch und heilig versprechen, dass er kein Wörtchen weitererzählen würde. Nichts und niemandem! Auch nicht Tante Dörte. Tante Dörte war Karl-Dieters Ersatzmutter, und niemand war trauriger als sie, dass die beiden jetzt so weit weg von Dortmund wohnten. Jeden Monat schickte sie ein Paket mit selbst gemachten Köstlichkeiten, Erdbeermarmelade, Früchtebrot, Pumpernickel. Mütze schüttelte darüber lächelnd den Kopf. Als würden sie in Franken verhungern. Ausgerechnet im Frankenland! Karl-Dieter hatte erst hier zu seinem aktuellen Kampfgewicht gefunden. Tante Dörte meinte es ja wirklich gut. Ernsthaft protestiert aber hatte Mütze, als Tante Dörte ihnen selbst gestrickte Socken im Partnerlook geschickt und dazu geschrieben hatte, sie stelle sich das so gemütlich vor, wie Karl-Dieter und Mütze damit gemeinsam auf der Couch vor dem Fernseher sitzen würden. Brrr ... Mütze hatte es richtig geschüttelt. Alles, was recht war, aber was zu viel war, war zu viel. Entschlossen hatte er sein Paar Socken ebenfalls in Karl-Dieters Schublade gestopft.

»Also, großes Indianerehrenwort?«

»Großes Ehrenwort vom großen Balkonbauer!«

Begierig hörte Karl-Dieter zu, was Mütze zu berichten wusste. Die Hexe, sie war gefunden. Sie nannte sich tatsächlich selbst so, *Sexy Hexy* war ihr Codewort. Selbst ihr Profilbild hatten sie. Und an ihre IP-Adresse würden sie auch noch herankommen, die müsse Big-Chip noch ermitteln, das sei ein wenig kniffelig, da müsse er an einen ganz speziellen Server heran.

»Hier«, sagte Mütze verschwörerisch und zog einen Ausdruck aus seiner Brieftasche, »das ist die Dame!«

Karl-Dieter ließ einen leisen Pfiff ertönen. Wenn er nicht stockschwul gewesen wäre, in diese Perle könnte er sich glatt verlieben. Ein barockes Superweib mit feurigen Augen und unglaublichen Rundungen. Von wegen magere Hexe! Das war ein sexy Schwergewicht.

»Der arme Besen«, grinste Karl-Dieter.

»Oder der glückliche«, feixte Mütze zurück.

»Schau dir mal die Oberarme an!«

»Von der Dame einen Stups ...«

»... und wupps!«

Sie ließen die Gläser klirren.

»Das Beste kommt aber noch.«

»Nämlich?«

»Wir wissen, wer sich hinter *Sexy Hexy* verbirgt.«

»Gibt's nicht!«

»Gibt's doch.«

»Wie seid ihr drauf gekommen?«

»Big-Chip. Gibt so ein Programm im Internet, mit dem man mit einem bekannten Foto nach weiteren Fotos desselben Menschen suchen kann. Gesichtserkennung. Damit haben wir *Sexy Hexy* aufgestöbert und identifiziert.«

»Und?«

»Ihr Hexennest ist gar nicht weit weg, mitten in Fürth!«

»Und warum habt ihr sie noch nicht verhaftet?«

Mütze fiel es nicht ganz leicht, Karl-Dieter begreiflich zu machen, warum er eine dringend Tatverdächtige nicht verhaften konnte, ohne seinen Job zu verlieren.

»Versteh doch, all die Infos hier, die Gesprächsprotokolle, die Fotos, offiziell dürften wir die gar nicht besitzen.«

»Wieso nicht?«

»Weil kein Mensch, auch kein Kripobeamter, sich in das Internet einhacken darf, wenn er dazu keine ausdrückliche Genehmigung hat.«

»Und warum kriegt ihr die nicht?«

»Du kennst doch den Alten. Für ihn ist es Selbstmord. Fall abgeschlossen.«

»Und jetzt?«

»Jetzt brauchen wir dich.«

Karl-Dieter schaute entsetzt und fasziniert zugleich, als Mütze ihm erklärte, was er mit ihm vorhatte. Ja, er spürte eine leise Genugtuung, vielleicht sogar einen gewissen Stolz.

Endlich nahm ihn Mütze ernst, endlich bat er ihn einmal aktiv um Hilfe. Üblicherweise hielt Mütze gar nichts davon, wenn sich Karl-Dieter in die Ermittlungen einmischte, im Gegenteil, er konnte sich furchtbar darüber aufregen. Und nun bat er ihn sogar aus freien Stücken darum. Karl-Dieter war zwar nicht ganz wohl, wenn er an die Details des Plans dachte, aber Mütze meinte, die Sache sei bis ins Letzte ausgetüftelt, es könne gar nichts schiefgehen. Und es sei auch ganz bestimmt das erste und letzte Mal, dass er Karl-Dieter mit so etwas behellige.

»Bist du dabei?«, fragte Mütze.

Karl-Dieter nickte.

Zunächst holten sie Big-Chip ab, der noch im Kasten saß, dann fuhren sie weiter zum Theater, wo sich Karl-Dieter die passenden Requisiten besorgte.

»Perfekt«, sagte Mütze, als Karl-Dieter zurückkam, »schaust aus wie Nick Knatterton.«

Karl-Dieter trug ein kariertes Sakko und eine Schirmmütze aus dem gleichen Stoff. Dazu hatte er sich sicherheitshalber noch eine Hornbrille aufgesetzt. Selbst der fantasieloseste Zeitgenosse würde sofort erkennen, dass er einen Detektiv vor sich hatte. Und darauf kam es an, das war das zentrale Element des Plans. Während die Männer über den nächtlichen Frankenschnellweg Richtung Fürth brausten, ging Mütze noch mal alle Details durch: »Wir werden an der Hornschuchpromenade halten, wenige Meter vor dem Haus von *Sexy Hexy*. Während Big-Chip und ich im Auto warten, läutet Karl-Dieter alias Nick Knatterton an der Haustür. Ihm wird geöffnet, er betritt das Haus, begibt sich zur Wohnung von *Sexy Hexy*. Dort fällt er sofort mit der Tür ins Haus. Er sei Privatdetektiv und habe *Sexy Hexy* des Mordes überführt, des Mordes an Georg Regenfuß, er habe aber Mitleid mit ihr, weil sie ihn an eine alte Freundin erinnere. Wenn sie ihn zur Polizei begleite und sich dort selbst anzeige, würde er sich im Hintergrund halten, und sie würde mildernde Umstände bekommen. Wenn nicht, würde er auf der Stelle die Polizei rufen. Jeder Widerstand sei zwecklos, er habe alle Beweise bei einem Notar hinterlegt. Karl-Dieter begleitet *Sexy Hexy* zur nahen Polizeiwache, wir zwei folgen ihnen heimlich. Nur um auf Nummer sicher zu gehen. *Sexy Hexy* betritt die Wache, Karl-Dieter wartet vor dem Gebäude.«

»Und woher wissen wir, dass sie sich tatsächlich selbst anzeigt und eure Kollegen nicht einfach nur um Zigaretten bittet?«, wollte Karl-Dieter wissen.

»Ganz einfach«, grinste Mütze und deutete auf sein Handy, »die BVB-Hymne wird es uns zuzwitschern!«

Klaro! Karl-Dieter hatte verstanden. Die Fürther Polizisten würden sofort den zuständigen Ermittler informieren: Mütze! Und Bauklötze staunen, dass dieser schon eine Minute später in die Wache spazierte.

»Unsinn«, sagte Mütze, »erst zischen wir noch in Ruhe ein Bierchen in der Gustavstraße. Ein halbes Stündchen braucht selbst ein Mütze von Erlangen nach Fürth. Okay, Jungs, alles klar?«

Karl-Dieter nickte. Natürlich, war ja nicht schwer zu verstehen. Keine fünf Minuten später kam der Manta an der Hornschuchpromenade zum Stehen. Die prächtigen Gründerzeitbauten, an denen einst Deutschlands erste Eisenbahn vorbeigedampft war, lagen schon im Schlaf. Abseits der Partyzone herrschte in Fürth tiefste Dunkelheit, kein Passant war zu sehen. Mütze nickte Karl-Dieter aufmunternd zu, Nick Knatterton stieg aus. Durch die Windschutzscheibe konnten Mütze und Big-Chip beobachten, wie Karl-Dieter am Haus schellte. Mütze musste trotz der Anspannung grinsen. In seinem karierten Detektivgewand sah Karl-Dieter doch etwas ungewöhlich aus. Nick Knatterton läutete erneut, dann wurde ihm aufgemacht.

Mütze und Big-Chip behielten unverwandt die Haustür im Auge. Langsam wie Schleimschnecken krochen die Minuten dahin. Nichts rührte sich. Wo blieb Karl-Dieter bloß, warum kam er nicht endlich mit *Sexy Hexy* aus dem Haus? Musste sie sich erst noch fein machen? Karl-Dieter war es zuzutrauen, dass er sich darauf einließ, er konnte nicht anders, er war immer freundlich zu den Leuten. Mütze war nervöser als sonst. Er mochte es nicht, wenn Karl-Dieter bei einem Einsatz beteiligt war, diesmal aber war es unverzichtbar. Am liebsten wäre Mütze selbst in die Rolle des Detektivs geschlüpft, aber er und Big-Chip mussten *Sexy Hexy* ja anschließend noch vernehmen, da wäre die ganze Sache aufgeflogen. Mittlerweile begann Mütze den Plan zu bereuen. Wann endlich kam Karl-Dieter zurück? Es hielt sie nicht mehr im Auto, sie stiegen aus, gingen zu der Haustür und lauschten. Stöhnte da nicht jemand? Sie blickten an der Fassade empor. Licht flammte hinter einem der Fenster im zweiten Stock auf. Das musste die Wohnung von *Sexy Hexy* sein. Erneut stöhnte es aus dem Treppenhaus. Da lief etwas schief, verdammt schief! Zugleich warfen sich Mütze und Big-Chip gegen die verschlossene Haustür, die mit einem Knall aufsprang, und stürmten das hochherrschaftliche Treppenhaus hinauf. Drei Stufen auf einmal nehmend kamen sie zum Absatz des zweiten Stocks. Auf dem Sisalläufer lag hingestreckt Karl-Dieter.

Ein jämmerliches Ächzen entwich seinem Mund, als Mütze sich zu ihm niederbeugte. Mühsam griff er sich an seine linke Kopfseite. Der Abdruck, der dort zu sehen war, sah höchst ungesund aus. Jemand hatte ein blutiges Schachbrettmuster auf seine Schläfe gestempelt.

»Ein Fleischklopfer«, presste Karl-Dieter mit schmerzverzerrter Stimme hervor.

»Los!«, zischte Mütze.

Zusammen zogen sie Karl-Dieter nach oben und schleppten ihn die Treppe hinunter zum Auto. Kaum hatten sie ihn auf die Rückbank verfrachtet, hörten sie ein Martinshorn aufheulen, das sich rasch näherte.

Mütze gab Gas. Sie verschwanden gerade um die Ecke, als aus einer parallelen Seitenstraße ein Streifenwagen herausgeschossen kam und vor dem Haus von *Sexy Hexy* bremste.

»Das war knapp«, sagte Big-Chip.

Karl-Dieter lag ausgestreckt auf dem Sofa, während Mütze ihm einen kalten Waschlappen auf das blutende Schachbrett legte.

Big-Chip schüttelte den Kopf. War es nicht besser, in die Klinik zu fahren? Vielleicht war der Schädel gebrochen!

»Ein westfälischer Dickschädel hält was aus«, stöhnte Karl-Dieter.

Big-Chip schien nicht überzeugt. Wenn er jetzt eintrübte, wenn er ohnmächtig würde! Es gab Blutergüsse im Hirn, die traten erst mit zeitlicher Verzögerung auf.

»Mal den Teufel nicht an die Wand«, brummte Mütze. »Aber jetzt sag endlich, was ist denn da oben passiert?«

Und Karl-Dieter begann zu erzählen. »Ich hab alles genauso gemacht wie besprochen. Ich läute einmal an der Haustür, schelle ein zweites Mal, dann summt der Türöffner, ich rein ins Haus, rauf in den zweiten Stock. Die Tür von *Sexy Hexy* war verschlossen, also läute ich an der Wohnungstür.«

Karl-Dieter seufzte gedehnt und tastete nach seiner Stirn.

»Und?«, fragte Mütze ungeduldig.

»In der Tür war so ein kleines Auge, ihr wisst schon, zum Durchgucken, so ein Spion. Mich beschleicht das Gefühl, ich werde beobachtet. Dann rasselt es, jemand befestigt von innen eine Kette, die Tür wird einen winzigen Spalt geöffnet, und ein Auge glotzt mich an. Ich sage mein Sprüchlein auf, den Blödsinn von dem Detektiv und so und dass das Spiel aus sei. Darauf sagt jemand mit dunkler Stimme ›Moment‹ und schleicht davon.«

Erneut entwich Karl-Dieter ein Stöhnen.

»Hätte ich nur auf meinen Instinkt gehört! ›Verschwinde!‹, hat meine innere Stimme geschrien, ›hau ab!‹ Aber ich Idiot muss ja stehen bleiben und warten. Eine gute Minute verstreicht. Dann rasselt es wieder an der Tür, die Kette wird entfernt. Jetzt geht alles rasend schnell. Mit Schwung wird die Tür aufgerissen, vor mir steht die Frau mit den dicksten Oberarmen der Welt, eine echte Matrone. Ich seh noch so gerade ihren triumphierenden Blick, dann lässt sie ihren Fleischklopfer auf mich niedersausen. Den Rest kennt ihr.«

Mütze sah Big-Chip an. Was hatte an dem Plan nicht funktioniert? Warum hatte *Sexy Hexy* zugeschlagen? Weshalb hatte die Drohung nicht gewirkt? Hatte sie entkommen wollen? Wohl kaum. Sonst hätte sie nicht selbst die Polizei informiert. Es gab nur eine Erklärung, so schmerzlich diese auch war: Die Frau in dem Haus an der Fürther Hornschuchpromenade war gar nicht die *Sexy Hexy* vom Partnerportal. Die Frau hatte nichts, aber auch gar nichts mit dem Mord an Regenfuß zu tun. Diese Frau war unschuldig, sie hatte in reiner Panik zugeschlagen.

»Aber es war exakt die Dame vom Foto!«, ächzte Karl-Dieter.

Dafür konnte es nur einen Grund geben. Die Frau, die sich bei den »Theaterspielchen« als *Sexy Hexy* ausgab, hatte frecherweise ein fremdes Foto als Profilbild benutzt, das Foto der barocken Fürtherin. Was für eine raffinierte Person! Sie hatten sie unterschätzt, dabei hatte es genügend Anhaltspunkte für ihre Durchtriebenheit gegeben. Mit welch geschickt gesetzten Worten sie Regenfuß auf das Walberla dirigiert hatte. Alles hatte sie ihm klitzeklein in ihrer E-Mail geschrieben: Seinen Laster solle er in Leutenbach parken. Von dort gehe ein einsamer Pfad hinauf auf den Berg. Sobald er aus dem Wäldchen heraustrete, sehe er schon die Feuer brennen, er solle sich jedoch nicht darum kümmern und, das sei ganz wichtig, mit keinem Menschen auch nur eine Silbe wechseln. Stattdessen solle er sich auf einen der Steine setzen. Dann würde sie durch die Nacht zu ihm geflogen kommen, mit einer Flasche Höllenschampus in der Hand. Sie würde den Korken knallen lassen, und sie würden die Flasche zusammen leeren. Und zwar ohne ein Wort miteinander zu sprechen. Wehe, er würde sich nicht daran halten, dann würde er ihren bösesten Hexenzauber erleben! In völliger Stille würden sie die Flasche austrinken. Werfe sie die Flasche hinter sich, sei das das geheime Zeichen, dass er ihr gefalle und sie ihn zum Teufelsgemahl auserkoren habe. Nun solle er direkt zum Ausguck gehen, zum äußersten Punkt des Felsvorsprungs, direkt neben dem Geländer. Dort solle er sein bestes Stück zum Blinken bringen. Und dann würde er die Nacht der Nächte erleben!

»Die Nacht der Nächte«, knurrte Mütze, während er den blutdurchtränkten Waschlappen durch einen frischen ersetzte, »finsterer ging's wirklich nicht.«

Aber sie würden die Hexe kriegen, da war sich Mütze sicher. Das Malheur von eben stachelte seinen Jagdinstinkt nur weiter an, ja, richtig wütend war er nun geworden. Wenn er etwas nicht vertragen konnte, dann waren das zwei Dinge: Wenn jemand versuchte, ihn auf den Arm zu nehmen, und wenn jemand Karl-Dieter ein Härchen krümmte. Mütze hob vorsichtig den Lappen an. Richtig schlimm sah die Schläfe aus. Ein Fleischklopfer war eine gefährliche Waffe, zumal in der Hand einer gestandenen Fürtherin.

Big-Chip verabschiedete sich. Mütze bot an, ihn nach Hause zu fahren, aber Big-Chip meinte, ein Spaziergang an der frischen Luft täte ihm jetzt gut. Mütze solle sich lieber um Karl-Dieter kümmern und aufpassen, dass der Freund nicht eintrübe. Man sehe sich morgen früh im Kasten.

Mütze geleitete Karl-Dieter vorsichtig hinüber ins Schlafzimmer. So leid hatte er ihm zuletzt getan, als die Sache mit Mickey passiert war. Karl-Dieter hatte Mickey manchmal durch die Wohnung fliegen lassen, um ihn das Gefühl von Freiheit spüren zu lassen, wie er sich ausdrückte. Mütze hatte den kleinen Vogel eine Sekunde vergessen gehabt und unbedacht das Fenster geöffnet. In dem Moment hatte Mickey versucht, ins Freie zu entwischen. Reflexartig hatte Mütze nach dem entfleuchenden Vogel gegriffen, leider nur etwas zu kräftig. Hatte sich gar nicht gut angefühlt, ein Vögelchen mit frischem Genickbruch in den Händen zu halten. Schlimmer aber noch war es gewesen, Karl-Dieter das arme Tierchen zu zeigen. War eine scheußliche Situation gewesen, Mütze dachte mit Frösteln daran zurück. Wenn die Trauerarbeit beendet wäre, würde er Karl-Dieter sofort ein Ersatzvögelchen besorgen, vielleicht sogar zwei.

Nachdem Mütze die Schlafzimmertür leise hinter sich geschlossen hatte, holte er sich noch ein Gute-Nacht-Bier aus dem Kühlschrank. Wer zum Teufel steckte hinter der Hexe? Wer war so krank, sich per E-Mail mit jemand Wildfremdem auf einem Berg zu verabreden, um ihn dann vom Felsen zu stoßen? War es eine perverse Männerhasserin? Hatten sie es mit einer Täterin zu tun, die Lust daraus sog, Herrin über Leben und Tod zu sein? Oder steckte jemand dahinter, der Regenfuß kannte und noch eine Rechnung mit ihm offen hatte? Der sich als *Sexy Hexy* ausgab, um dann den Todesengel zu spielen? Mütze musste wieder an die Verkäuferin im Brautmodengeschäft denken. War sie die Hexe? Auf der Sektflasche hatte sie keine Fingerabdrücke hinterlassen. Aber was hieß das schon? Sie könnte Handschuhe getragen haben. Wie die Kundin, die sie heute bedient hatte. Solche gewirkten Netzhandschuhe. In Schwarz natürlich, nicht in Weiß. Andererseits: So abgebrüht hatte sie nicht gewirkt, eher schüchtern, zurückhaltend. Wie auch immer, sie würden *Sexy Hexy* schon noch auf die Spur kommen. Ihr Foto hatte sie getürkt, etwas aber wussten sie von ihr, das nicht getürkt werden konnte: die IP-Adresse ihres Computers. Rein rechtlich durften sie dieses Wissen nicht nutzen, aber Big-Chip würde trotzdem herausfinden, wem dieser Computer gehörte und wo er sich befand. Wenn einer das schaffte, dann Big-Chip! Und zur offiziellen Überführung des Täters würde ihnen dann schon noch etwas einfallen.

Der Kommissar nahm einen letzten Schluck aus der Flasche und checkte auf seinem Handy noch einmal die letzten Meldungen der Kollegen.

»PI Fürth sucht korpulenten Mann Ende fünfzig mit Fleischklopferwunde an der Schläfe.«

»Frechheit«, murmelte Mütze, »Karl-Dieter ist allenfalls etwas moppelig.«

Das Walberla lag tief im Dunkeln. Nur mühsam sichelte sich der Mond durch das Wolkengestrüpp und sandte für kurze Momente sein fahles Licht zur Erde hinab. Verängstigt saß der kleine Hase im Unterholz. Den ganzen Tag hatte er sich nicht hervorgetraut. Was machten bloß die ganzen Menschen hier oben? Was schoben sie sich in Schlangen den Weg zum Gipfel hinauf, um später seltsam unkoordiniert hinunterzutorkeln? Was lachten und grölten sie so ausgelassen? Warum roch es überall so anders, was bedeuteten die Rauchschwaden, die die frische Frühlingsluft verschmutzten?

Verstohlen äugte das Häschen zwischen den schwarzen Stängeln des Löwenzahns hindurch, dessen Blätter heute seine einzige Nahrung gewesen waren. Keiner seiner Freunde hatte es oben auf dem Berg ausgehalten, alle hatten sie sich verkrochen, warteten zitternd, bis der Spuk vorbei war.

Endlich aber schienen die letzten Menschen den Weg hinabgewankt zu sein, endlich schien Ruhe einzukehren. Vorsichtig schob das Häschen sein Näschen durch die Blätter des schützenden Busches und schnupperte in die Nacht hinaus. Dann begann es langsam die Wiese entlangzuhoppeln, ein Stück den Berg hinauf. Als es einen Weg kreuzte, bemerkte es einen eigentümlichen Geruch, etwas Fremdes, das nicht unangenehm roch, aromatisch, fruchtig. Mit kleinen Sprüngen näherte sich das Häschen einem kleinen Plastikkelch, den man achtlos weggeworfen hatte, und steckte sein Schnuppernäschen hinein. Hmm, wie gut das roch! Ob man es wagen sollte? Behutsam streckte das

Häschen seine Zunge heraus und begann, das Innere des Kelches abzuschlecken. Es hörte erst wieder auf, als es den letzten Tropfen Sekt erwischt hatte. Mit leicht unsicheren Sprüngen, dafür aber mit einer nie gekannten Fröhlichkeit, hoppelte das Häschen weiter und verschwand in der Nacht.

Am Morgen brauchte Mütze einen dreifachen Espresso, um richtig wach zu werden. Karl-Dieter hatte die ganze Nacht vor Schmerzen gestöhnt, und wenn er nicht gestöhnt hatte, dann hatte er geschnarcht, weil er nicht auf der linken Seite in seiner bevorzugten Schlafposition hatte liegen können, sondern nur auf dem Rücken. So aber glitt das Zäpfchen in den Luftkanal und begann dröhnend zu vibrieren. Wegen des Stöhnens und Schnarchens war Mütze jedoch nicht böse gewesen. Im Gegenteil! Die Geräusche hatten ihm die beruhigende Gewissheit gegeben, dass Karl-Dieter noch lebte. Wie übel hätte die Sache ausgehen können! Und er war schuld daran.

Mit schlechtem Gewissen kletterte Mütze aus dem Bett und begann ein Frühstück zu zaubern, mit allem, was Karl-Dieter liebte: frisch gepresstem Blutorangensaft, geräuchertem Biotofu, feingeschnittenen, mit Limonensaft beträufelten Apfelschnitzen, Sesamknäckebrot, Diätmargarine, fünf gekühlten Salatblättern und einer halbierten Kirschtomate. Dazu ein Klecks von Tante Dörtes selbst gemachter Quittenmarmelade. Das alles richtete Mütze so hübsch her, wie es sein defizitäres Haushalts-Gen zuließ, und verschlang noch rasch zwei dick belegte Brote mit geräuchertem Schinken und Essiggurken. Musste Karl-Dieter ja nicht mitbekommen. Dann weckte er den Freund.

Oje! Der Schädel sah noch schlimmer aus als gestern. Das Schachbrett hatte sich zu einem 3-D-Muster verwandelt, so sehr war der Abdruck über Nacht angeschwollen. Während Mütze ihm mitleidig einen »Guten Morgen« wünschte, musste er an die Suchmeldung der PI Fürth denken. Karl-Dieter durfte heute nicht ans Tageslicht. Rascher war kein Gesuchter gefunden.

»Du musst dich unbedingt krankmelden!«

»Kommt überhaupt nicht infrage« erwiderte Karl-Dieter und legte sich ein gekühltes Salatblatt auf eine Knäckebrotscheibe, »heute steht wieder *Romeo und Julia* auf dem Programm.«

»Heute steht ausruhen auf dem Programm!«

Karl-Dieters Sturheit war wirklich nicht zu toppen. Er würde sich eben seine alte Bommelmütze über die Stirn ziehen, dann würde kein Mensch was merken. Er sei ja nur hinter der Bühne aktiv und nicht auf der Bühne. Mütze wusste, dass es vergebliche Liebesmüh war, ihn zum Daheimbleiben zu überreden, und verabschiedete sich. Auf zum Kasten! Ein neuer Plan musste her.

Big-Chip saß schon wieder an seinem Rechner und schaute recht verbissen drein, als Mütze ins Büro trat. Er war unrasiert und bleich, hatte eine Kanne Kaffee vor sich stehen.

»Hast du was gefunden?«, fragte Mütze.

Big-Chip schüttelte den Kopf, ohne aufzublicken, und murmelte etwas von Sicherheitsprogrammen, Darknet und Firewalls. Ihm sei es dennoch gelungen, sich in einen Server einzuhacken, sein PC aber brauche bei dieser Datenmenge ewig. Das Problem sei nicht die IP-Adresse von *Sexy Hexys* Computer, die habe er bereits. Das Problem sei, den genauen Standort des Computers zu ermitteln. Das sei eine hohe Kunst. Schon manches Mal sei es ihm gelungen, einen PC exakt zu lokalisieren, bei *Sexy Hexys* Rechner aber beiße er auf Granit. Mütze konnte auf Big-Chips Computerbildschirm einen langen, hohlen Balken erkennen, bei dem sich gerade mal ein winziger Anfang gefüllt hatte, ein grünes, winziges Etwas, das schwach pulsierte.

»Es geht einfach nicht voran.«

Mütze schaute betreten drein. Wenn es ihnen nicht gelang, herauszufinden, wo *Sexy Hexys* Computer stand, wie sollten sie die Mörderhexe dann ermitteln? Ein anderer möglicher Ansatz war noch der Kostümfetzen gewesen, doch auch diese Spur war mangels verwertbarer Spuren im Sande verlaufen. Sie hatten recherchiert, das Gewand war zu Fasching bei Aldi Süd verkauft worden. Sollten sie etwa jeden Aldi-Kunden befragen? Es war wie verhext: Sie wussten inzwischen ziemlich sicher, dass man Regenfuß auf hinterhältige Weise ermordet hatte, und kamen nicht voran. Ob es vielleicht doch die weiße Fee gewesen war? Frau Gumbmann, die Brautmodenverkäuferin? Mord aus Eifersucht? Oder aus Enttäuschung? Mütze war skeptisch. Natürlich konnten sie zum Alten gehen und die Karten auf den Tisch legen. Mit den Möglichkeiten des Bundeskriminalamtes würden sie den Computer schon finden – und damit *Sexy Hexy*. Das aber wäre dann auch ihr letzter Fall gewesen. Der Alte würde ihr Vorgehen nicht decken, hundertprozentig nicht. Trotz des Fahndungserfolges. Es würde ein Disziplinarverfahren geben, die Staatsanwaltschaft würde gegen sie ermitteln, man würde sie zunächst beurlauben und am Ende vor die Tür setzen. Das war so sicher wie das Amen in der Kirche. Der Zweck heiligt die Mittel? Nicht bei der Justiz! Das hatten schon ganz andere Fälle gezeigt. Wie war es denn ihrem Frankfurter Kollegen ergangen, der bei der Entführung des Bankiersohnes ermittelt hatte? Als sie den Täter schnappten, diesen schnöseligen Jurastudenten, der auf gemeinste Weise sein Opfer, seinen Nachhilfeschüler, verschleppt hatte, aber nicht hatte verraten wollen, wo er den Jungen versteckt hielt, hatte der erregte Frankfurter Kommissar ihm ziemlich unverblümt zu verstehen gegeben, dass man schon Mittel und Wege finden würde, ihn zum Sprechen zu bringen. Androhung von Folter sei das gewesen, urteilte später ein Gericht; der Kommissar war erledigt. So war das in Deutschland. Alle standen sie unter dem Gesetz, auch und insbesondere die Polizei. Selbst ein Mörder durfte weiter frei herumlaufen, wenn seine Überführung nur mithilfe von illegalen Tricks möglich gewesen war.

Big-Chip unterbrach Mütze in seinen Überlegungen. »Wie geht's Karl-Dieter?«, brummte er.

»Wieder voll einsatzfähig.«

»Vielleicht war es doch die weiße Fee.«

»Zwei Doofe, ein Gedanke. Ich hab eben an sie denken müssen. Wie kommst jetzt du darauf?«

»Ganz einfach. Hab noch ein bisschen bei den ›Theaterspielchen‹ spioniert. Bevor die weiße Fee Regenfuß kennenlernte, hat sie es noch bei vier anderen probiert. Nach dem Treffen mit Regenfuß trat sie dann nicht mehr in Erscheinung.«

Mütze griff zum Telefon. Krautwurst war sofort am Apparat. Nein, es tue ihm leid, sie seien noch nicht so weit. Er würde umgehend Bescheid geben, wie immer ... selbstverständlich, Mütze kenne ihn doch mittlerweile.

»Und?«, fragte Big-Chip.

»Noch kein Ergebnis.«

Wenn die Genspur auf seinem Ausweis dieselbe war wie die auf dem Hexenkleiderfetzen, dann hatten sie die weiße Fee am Schlafittchen. Aber war die Verkäuferin nicht zu zierlich? Wie sollte sie ein gestandenes Mannsbild in die Tiefe stürzen? Außerdem hatte sie freiwillig gestanden,

Regenfuß bei den »Theaterspielchen« kennengelernt zu haben. Warum hätte sie das tun sollen, wenn sie ihn umgebracht hatte? Oder war das gerade eine besondere Form von Raffinesse, die naive Unschuldige zu spielen? Und Regenfuß noch dazu eine Rose ins Grab zu werfen? Die Gesetze der Logik, galten sie auch für eifersüchtige Frauen? Wohl nur in einem höchst eingeschränkten Sinne. Nichts war auszuschließen.

Big-Chip schob Mütze einen Computerausdruck hinüber. Mütze überflog ihn kurz. Der Abgleich der DNA vom Hexengewand mit der Verbrecherdatei hatte keinen Treffer ergeben. Keine Täterin mit identischer DNA fand sich im Archiv. Mütze fuhr sich durchs Haar. In hundert Jahren würde die Überführung eines Täters mithilfe seiner DNA vermutlich ruckzuck gehen. Dann würde man gemütlich zu Hause per Internet jede DNA-Spur einem ganz bestimmten Menschen zuordnen können. So wie jetzt schon die Fotos. Sieht ein Mann im Café eine Frau, die ihm gefällt, und überlegt, Kontakt zu ihr aufzunehmen, braucht er, nachdem sie gegangen ist, nur ein Haar, das sie auf dem Tisch verloren hat. Ein kleiner tragbarer Gentest, eine Überprüfung im Netz, und der Name der Dame wird ausgespuckt, dazu eine Übersicht ihrer Erkrankungsrisiken und im Falle eines Kinderwunsches ein Urteil darüber, ob ihrer beider Erbmaterial auch zusammenpasst. Erschreckende neue Welt.

Mütze schaute zu Big-Chip hinüber. Stolz wehte die Clubfahne wieder ganz oben an dem kleinen Mast. Neben dem Fähnchen stand ein gelber Aktenordner.

»Was ist das?«

»Da sind alle Zeugenaussagen versammelt, die die Kollegen von dem verrückten Volk der Walpurgisnacht aufgezeichnet haben. Nichts Neues.«

Mütze griff sich den Ordner und blätterte lustlos darin herum. Keiner hatte was gesehen, keiner einen verdächtigen Schrei gehört. Klar, jeder war mit guten Bekannten hinaufgegangen und hatte die Nacht im Freundeskreis verbracht, genauso wie die zwei Medizinhexen, die die Leiche gefunden hatten. Das Gelände auf dem Berg war weitläufig, die Nacht dunkel, da konnte ein solches Verbrechen wohl tatsächlich unbemerkt bleiben. Zumal die Todeshexe den Zeitpunkt ihrer Tat minutiös geplant hatte. Wie hatte sie noch in ihrer E-Mail geschrieben? »In völliger Stille werden wir die Flasche leeren. Werfe ich die Flasche weg, ist dies das geheime Zeichen, dass du mir gefällst und ich dich zum Teufelsgemahl auserkoren habe.« Wie hinterhältig, wie unglaublich durchtrieben! Heimtückisch hatte die Hexe die Gutmütigkeit von Regenfuß ausgenutzt. Und hatte genau achtgegeben, dass sich keiner der Feiernden in der Nähe des Abgrunds aufhielt. Dann hatte sie die Flasche weggeworfen.

Mütze blätterte weiter. Schienen wohl alle ziemlich besoffen gewesen zu sein, die Blocksbergwesen. Rotes Geblinke sei mal hier, mal dort zu sehen gewesen, niemals aber an solch prominenter Stelle wie bei dem Teufel, einmal hatte das seltsame Drachenwesen sechs Beine, einmal nur vier Beine gehabt, Teufelchen wurden in den unterschiedlichsten Gewändern geschildert, auch Hörner habe der ein oder andere Teufel getragen, einer habe sogar mit einem Pferdefuß gescharrt. Verrücktes Höllengetümmel.

Es klopfte, Gößwein trat ein. Sie hätten die Überprüfung aller Spuren nun definitiv abgeschlossen, es gebe keine neuen Erkenntnisse. Auch auf dem Handy von Regenfuß nichts, womit man wirklich etwas anfangen könne, nichts auf seiner Mailbox. Er habe alles für Mützes Abschlussbericht zusammengeschrieben. Trauriger Fall von Selbstmord.

»Kannst du uns sein Handy noch dalassen?«, fragte Mütze.

»Wenn ihr meint. Ich sag tschüss-ade. Vielleicht haben wir es ja beim nächsten Mal mit einem Mord zu tun.«

Ach, Gößwein, wenn du wüsstest! Mütze nahm das Handy des Toten und scrollte die Liste mit den gespeicherten Nummern runter. An die achtzig Anschlüsse, die Hälfte Festnetznummern aus der Region. Natürlich konnte man sich die Mühe machen, die Nummern durchzutelefonieren. Aber was sollte das bringen? Die Kontakte zwischen Mütze und der Mörderhexe waren über das Internet gelaufen, dort war alles geplant und besprochen worden. In der gesamten Korrespondenz gab es keinen Austausch irgendwelcher Handynummern, ja, es schien zum Prinzip von »Theaterspielchen« zu gehören, ausschließlich per E-Mail zu kommunizieren. Darin lag wohl die Spannung, sich mit jemandem zu treffen, mit dem man zuvor kein Wort gesprochen hatte. Natürlich hatten sie auch bei der Telefongesellschaft nachgefragt. In dem noch gespeicherten Zeitraum, der die letzten zwei Tage vor dem Tod umfasste, hatte Regenfuß kein einziges Telefonat geführt. Selbst für einen Franken schien er ausgesprochen einsilbig gewesen zu sein. Mütze scrollte weiter. Vier, fünf Nummern hatten eine ausländische Vorwahl. Tschechien. Vermutlich die Geschäftspartner seiner Touren. Was Regenfuß wohl nach Tschechien transportiert hat? Oder aus Tschechien nach Deutschland? Es könnte sich tatsächlich um krumme Dinger gehandelt haben, jedenfalls hatte sich in den Geschäftsunterlagen aus der Räuberhöhle nichts über die Tschechientouren gefunden, keine Lieferscheine, keine Rechnungen, keine Empfangsbestätigungen. Das war natürlich verdächtig. Drogen? Waffen? Menschenhandel? Flüchtlinge? Prostituierte? Vielleicht. Vielleicht gab es aber auch einen völlig anderen, einen ganz harmlosen Grund. Vielleicht war Regenfuß ja gar nicht in den Osten, um etwas zu transportieren. Wie viele gab es, die in Böhmen ein preiswertes erotisches Abenteuer suchten. Oder die zum Glücksspiel über die Grenze fuhren, nach Tschechien war es ja nicht weit, in zwei Stunden war man dort.

Aus einer Laune heraus klickte Mütze eine der tschechischen Nummern an und drückte auf »verbinden«.

Es dauerte ein Weilchen, dann hörte er eine männliche Stimme gebrochen deutsch sprechen.

»Ja, Georg, alter Mann! Was rufst du an? Weißt du Monat? Mai! Keine Karpfen im Mai, weißt du doch. Georg ...? Georg ... Komm im September wieder, dann ist der Karpfen reif.«

Aufgelegt. Mütze musste grinsen.

»Rate mal, was Regenfuß in Tschechien geladen hat?«

»Keine Ahnung.«

»Ganz große Fische!«

Das war einfach zu verrückt. Das hieß doch Eulen nach Athen tragen. Wer kam denn auf die Idee, Karpfen von Tschechien nach Franken zu fahren? In die Region der Karpfenweiher? Sah man sich die Gegend westlich von Erlangen auf der Landkarte an, so war sie von blauen Tupfern nur so übersät. Kaum eine zweite Landschaft gab es in Deutschland, die so viele Karpfenteiche besaß. Besonders der Aischgrund war eine einzige Weiherkette.

»Bescheuert«, sagte auch Big-Chip.

Mütze klickte erneut auf dem Handy herum und rief die zweite tschechische Nummer an. Wieder ging ein Mann an den Apparat, dieser sagte was auf Tschechisch.

»Hier Georg«, sagte Mütze mit gedämpfter Stimme, »hast du Karpfen?«

»Ja, Georg, was willst du denn?«, antwortete es plötzlich auf Deutsch, »Karpfen gibt es erst wieder im September. Und auch nur, wenn du ein Fass Storchenbier mitbringst!« Mütze schüttelte den Kopf.

Big-Chip war genauso ratlos. »Bescheuert«, bekräftigte er, »wegen Karpfen nach Tschechien zu fahren. Was ist denn das für ein Geschäftsmodell?«

»Jedenfalls kein legales«, sagte Mütze, »sonst hätten wir was in den Geschäftsunterlagen gefunden.«

»Legal oder illegal, das bringt uns doch nicht weiter«, sagte Big-Chip. »Oder glaubst du, in den tschechischen Karpfen waren Drogen versteckt?«

Karpfen als Drogenkuriere? Mütze musste lachen. Dennoch, die Sache war reichlich merkwürdig. Regenfuß war ja nur der Bote gewesen. Zu wem brachte er die Karpfen? Wer war sein Abnehmer? Vielleicht, ja, ganz sicher, brachte er sie nicht nach Franken, sondern in eine andere Region. Vielleicht nach München oder nach Frankfurt, eben dorthin, wo man keine Karpfen züchtete. Wenn man endlich an die Daten der Mautstationen heránkäme, könnte man Regenfuß' Touren leicht rekonstruieren. Aber diese Daten wurden ja nicht herausgegeben. Selbst in einem Mordfall nicht. Datenschutz. Auf einmal ertönte ein lauter Knall. Erschrocken sah Mütze zu Big-Chip hinüber. Big-Chip hatte seine Faust auf den Tisch krachen lassen.

»Aufgehängt«, rief er wütend, »schon wieder aufgehängt. Den Computer meine ich. Es hat keinen Zweck, ich kann den blöden Rechner nicht lokalisieren.«

»Und wenn du's noch mal versuchst?«

»Noch mal versuchst? Was glaubst du denn? Die ganze Nacht sitze ich schon hier, habe keine Stunde geschlafen. Bin gestern Nacht von eurer Wohnung direkt in den Kasten.

Es funktioniert nicht, sie haben neue Schranken eingebaut, Firewalls der neuesten Generation, wir kommen nicht an den Standort heran.«

Mütze warf einen Blick auf Big-Chips Bildschirm. Der Balken war so hohl wie zuvor, der grüne Anfang wurde einfach nicht größer. Und er hatte zu blinken aufgehört.

»Wo isst du zu Mittag?«, fragte Mütze.

»Wollte mich eigentlich aufs Ohr legen, warum?«

Zu dritt saßen sie im Hof vom *Oberle*, einem der beiden Gasthöfe gleich gegenüber ihrer Wohnung in Kosbach, Mütze, Karl-Dieter und Big-Chip. Zwar gab es keine Karpfen mehr, doch auch außerhalb der Saison konnte man beim *Oberle* gut tafeln. Die Maisonne schien prächtig, dennoch achtete Mütze streng darauf, dass Karl-Dieter seine Wollmütze aufbehielt. Trotz der idyllischen Umstände war die Laune der drei Freunde im Keller. Karl-Dieter bestellte sich eine Spargelsuppe (»Aber bitte eine kleine Portion!«) und Big-Chip und Mütze orderten den Schweinebraten.

»Und bitte schicken Sie uns doch den Chef vorbei«, bat Mütze die hübsche Bedienung. Ob es die Wirtstochter war?

Neugierig kam der Wirt aus dem Haus. Als Nachbar kannte er Karl-Dieter und Mütze gut und wusste, dass Mütze bei der Kripo war.

»Setzen Sie sich doch einen Moment zu uns.«

Mütze wollte wissen, wo in Deutschland tschechischer Karpfen auf der Speisenkarte stehe.

Der Wirt lachte: »Schmeckt Ihnen unser fränkischer Karpfen wohl nicht?«

»Doch, doch, selbstverständlich«, beeilte sich Mütze zu sagen, »der beste Karpfen der Welt. Wir hätten nur gerne gewusst, wohin der tschechische Karpfen wandert.«

»Tschechischen Karpfen bekommen Sie überall. Und wenn Sie's nicht weitersagen, verrate ich Ihnen ein Geheimnis.«

»Nämlich?«

»Tschechischen Karpfen können Sie auch bei uns bekommen.«

»Bei Ihnen?« Mütze war überrascht.

»Nein, natürlich nicht bei uns im Gasthaus, wir nehmen ausschließlich unseren eigenen«, sagte der Wirt und senkte seine Stimme, »aber es soll auch bei uns in der Gegend das ein oder andere schwarze Schaf geben, das tschechischen Billigkarpfen als Original Aischgründer verkauft.«

Mütze und Big-Chip sahen sich an. Das klang interessant.

»Und wer sind die schwarzen Schafe?«

Der Wirt zuckte mit den Schultern.

»Gerüchte«, sagte er nur und verabschiedete sich wieder.

Es machte wirklich Spaß, durch den Aischgrund zu fahren. Eigentlich. Die sanfte Hügellandschaft und die hübschen Dörfer spiegelten sich in den blauen Teichen, Störche wateten durch die Wiesen, und die ein oder andere Mühle klapperte noch lustig am Fluss. Spaß aber machte solch eine Tour nur, wenn man nicht dienstlich unterwegs und nicht so furchtbar übernächtigt war. Big-Chip fielen immer wieder die Augen zu, aber er weigerte sich beharrlich zuzugeben, dass ihn die Müdigkeit plagte. Es ginge noch wunderbar, er habe da schon ganz andere Einsätze mitgemacht. Immer wenn sie ein Dorf erreichten, wachte er wieder auf und kletterte mit den beiden aus dem Auto, um die Passanten zu befragen. Sie verteilten sich, jeder nahm sich ein paar Straßenzüge vor, so erhöhten sie die Chancen.

»Kommt Ihnen dieser Laster bekannt vor?«, fragten sie und deuteten auf ein Foto von Regenfuß' Kiste.

»Bedaure, nein«, antworteten die Leute, und die Fahrt ging weiter ins nächste Dorf.

An den ungewöhnlichen Lastwagen musste man sich doch einfach erinnern. Schließlich handelte es sich um einen veritablen Oldtimer. Ein alter Magirus-Deutz mit solch markanter Motorhaube, wo gab es den sonst? Dazu der auffällige Schriftzug *Frankenstolz* an der Seite. Es musste doch jemand diesen Brummi gesehen haben! Gerhardshofen: nichts! Dachsbach: nichts! Uehlfeld: nichts! Mütze fluchte leise. Was für eine nervige Ermittlungstätigkeit. Wenn der Alte den Fall nicht für abgeschlossen erklärt hätte, würden jetzt Dutzende von Kollegen ausschwirren. Aber so: Alles musste man selber machen. Höchstadt: nichts! Gremsdorf: nichts! Dann kamen sie in einen kleinen Ort namens Aisch.

»Aasch an der Aasch«, gähnte Big-Chip, als sie an der Brücke parkten.

Wieder sprangen sie aus dem Wagen und liefen los. Karl-Dieter ging über den Fluss, wo ein Angler seine Rute ausgeworfen hatte. Er schien nicht erfreut über den Besuch und warf mit höchst missmutiger Miene einen Blick auf das Foto.

»Klar kenn ich die Klapperkiste«, sagte er und schaute wieder zu seinem Köder hinüber.

»Sind Sie sicher?«, fragte Karl-Dieter überrascht.

»Freilich.«

»Und woher?«

»Vom Hof des Karpfenkönigs. Parkt immer mal wieder dort.«

»Karpfenkönig?«

»Züpp! Cyprinus König, der König des Aischgrunds.«

»Wo finden wir diesen Mann?«

Der Hof von Cyprinus König lag hinter einer Treppe aus Karpfenteichen ziemlich einsam an der Aisch, ein gutes Stück entfernt von Adelsdorf. Es war ein stattliches Anwesen, eine Dreiflügelanlage, mit einem schmiedeeisernen Tor und zwei grimmigen Gipslöwen auf Säulen an der Einfahrt. Als sie mit dem Manta in den Hof einbogen, kam ihnen mit wütendem Gebell ein Schäferhund entgegengesprungen. Eine Frau mit Kopftuch und Gummistiefeln eilte ihm hinterher und fasste ihn am Halsband.

»Wir wollen zu Herrn König«, rief Mütze durch das heruntergekurbelte Seitenfenster.

»Mein Mann ist nicht daheim«, rief die Frau zurück.

»Wann kommt er denn wieder?«

»Weiß ich nicht«, antwortete die Frau, »sie feiern oben am Walberla.«

»Wer?«

»Na, die Aischgründer Teichwirte. Wie jedes Jahr.«

»Kennen Sie den Laster hier?« Mütze hielt das Foto aus dem Fenster.

Die Frau kam näher heran.

»Was geht Sie das an?«, fragte sie misstrauisch.

»Mütze, Kriminalpolizei.«

»Da müssen Sie meinen Mann fragen«, sagte die Frau und ging zum Haus zurück, während der Schäferhund erneut wild zu bellen begann.

»Das hat doch alles keinen Zweck«, gähnte Big-Chip, als sie den Hof wieder verlassen hatten und Mütze den Manta am Straßenrand ausrollen ließ. »Angenommen, der Karpfenkönig hat wirklich mit Regenfuß Geschäfte gemacht. Angenommen, sie haben tschechische Karpfen als deutsche ausgegeben. Und? Was dann? Dann haben wir einen kleinen, lokalen Karpfenskandal aufgedeckt. Gratuliere! Dann sind wir wirklich tolle Hechte. Aber den Mord haben wir noch lange nicht geklärt.«

»Und wenn die beiden sich gestritten haben?«

»Wieso gestritten?«

»Wenn Regenfuß den Karpfenkönig erpresst hat?«

»Wieso denn? Die beiden sitzen doch im selben Boot.«

»Aber der Karpfenkönig hat mehr zu verlieren.«

Big-Chip kniff die Augen zusammen und sah Mütze von der Seite an. Er kannte Mütze lange genug, um zu erkennen, dass Mütze etwas ausheckte. Dieses Blitzen in seinem Blick!

»Was hast du vor?«

Karl-Dieter schüttelte heftig den Kopf. Nicht noch einmal. Nein, nein, dreimal nein! Da mache er nicht mit! Er sei Bühnenarbeiter und kein Schauspieler. Nie wieder würde er in ein Kostüm schlüpfen. Wozu das führe, habe er erst gestern höchst schmerzlich erfahren müssen. Ob Mütze den Fleischklopfer schon vergessen habe? Es sei doch Mütze, der ständig sage: Schuster, bleib bei deinen Leisten! Seine Leisten, das seien die Bühnenbretter des schönen Markgrafentheaters. Sie würden ihn jetzt hübsch nach Erlangen fahren, er würde zum Theater gehen und die Bühne für *Romeo und Julia* herrichten. Was Mütze und Big-Chip mit dem Tag noch anstellen wollten, sei ihm schnurzpiepegal. Gerne könnten sie wieder aufs Walberla steigen, auf seine Mitarbeit aber müssten sie verzichten.

Sein Vertreter war nicht begeistert. Weil Karl-Dieter aber der kollegialste Mensch war, den man sich vorstellen konnte, und selbst schon oft eingesprungen war, wenn's hart auf hart kam, sagte er nach kurzem Zögern zu. Nein, nein, Karl-Dieter solle sich keine Sorgen machen, er würde den Balkon schon an die richtige Stelle schieben, er sei doch nicht von Dummsdorf.

»Das ist aber wirklich das allerletzte Mal, dass das klar ist«, schimpfte Karl-Dieter, »wenn auch dieser tolle Plan nicht funktioniert, bin ich draußen, kapiert?«

»Kapiert«, sagte Mütze.

Zunächst fuhren sie zur Asservatenkammer. Das Teufelskostüm lag ordentlich gefaltet auf dem hintersten Regal. Mütze steckte es mit den übrigen Requisiten in eine unauffällige Plastiktüte. Bevor sie auf den Frankenschnellweg einbogen, hielt Mütze noch an einer Tankstelle.

»Das müsste die passende Batterie sein«, sagte er, als er zurückkam.

»Das ist nicht dein Ernst«, protestierte Karl-Dieter.

»Wenn schon, denn schon«, sagte Mütze und gab Gas.

Das Walberla lag bereits im Dunst der Dämmerung, als sie Kirchehrenbach erreichten. Im Dorf waren nur wenige Menschen zu sehen, Rauchschwaden aber, die vom Plateau des Berges in den Abendhimmel stiegen, verrieten, dass das Fest noch in vollem Gange war. Mütze schnappte sich die Tüte mit den Teufelsutensilien, dann stiegen sie zu dritt den steilen Weg hinauf. Nicht wenige Festgäste kamen ihnen bereits entgegen, Familien mit Kindern vor allem. Manche der Kleinen ließen stolz einen bunten Ballon schweben, andere knabberten versonnen an einer Süßigkeit. Die Väter stolperten mit glasigen Augen abwärts und sahen so aus, als wären sie gerne noch länger auf dem Berg geblieben; die Mütter wirkten etwas gestresst, mussten sie doch darauf achten, sowohl ihre Kinder als auch ihre Männer heil ins Tal zu bringen. Junge Gaudiburschen in Lederhosen grölten unanständige Lieder in den fantasievollsten Tonarten, ihre Freundinnen trugen luftige Dirndl und ließen fröhlich eine Flasche kreisen.

Dazwischen bahnten sich die drei Freunde ihren Weg aufwärts. Big-Chip hatte seine Schwächeperiode wieder überwunden und wirkte erstaunlich fit, obwohl er nun bereits seit 36 Stunden auf den Beinen war. Mütze war angespannt und schweigsam. Er wusste, sie hatten nur noch diese eine Chance. Wenn auch der neue Plan nicht funktionierte, konnten sie alles hinschmeißen. Hoffentlich waren die Teichwirte überhaupt noch oben. Sie zu finden würde die kleinste Schwierigkeit sein. Als sie zu dritt das Plateau erreichten, bot sich ihnen das bekannte bunte Bild, nur schienen sich heute nicht mehr ganz so viele Besucher versammelt zu haben. Ein letztes Mal sprachen sie ihr Vorgehen in allen Einzelheiten durch. Karl-Dieters Rolle war im Grunde simpel. Und garantiert ungefährlich, wie Mütze versicherte.

Zunächst aber machten sie sich zu dritt auf die Suche nach den Teichwirten. Gleich beim zweiten Bierausschank konnte man ihnen weiterhelfen.

»Da drüben, die zehn Herren am letzten Tisch!«

Mütze nickte Karl-Dieter zu.

»Alles klaro?«

»Alles klaro!« Karl-Dieter wirkte ziemlich angespannt.

»Fleischklopfer jedenfalls gibt es hier oben keine«, versuchte Mütze die Situation aufzulockern.

»Sehr witzig!«

»Tschuldige! Kostümier dich an einer unauffälligen Stelle und warte auf meinen Anruf. Okay?«

»Okay.«

»Dann mal los!«, sagte Mütze und drückte Karl-Dieter die Plastiktüte in die Hand.

Karl-Dieter blieb stehen und sah zu, wie sich Mütze und Big-Chip zwei Maßkrüge einschenken ließen und sich damit an den Nachbartisch neben die Teichwirte setzten. Er fühlte sich plötzlich hundeelend. Warum hatte er sich bloß wieder überreden lassen? Warum machte er bei dem Mist mit? Sollten die Herren Kommissare doch ihren Job alleine erledigen. Warum hatte er nicht klar und deutlich Nein gesagt – und war dabei geblieben? Wie schön könnte er es jetzt im Theater haben, könnte zur Überraschung des Publikums seinen traumhaft kitschigen Balkon auf die Bühne schieben. Allein die verspielten Putti im Geländer! Applaus auf offener Szene hatte er geerntet. Was hätte er dafür gegeben, jetzt im Theater zu sein! Stattdessen stand er hier oben auf dem Walberla und sollte den Teufel spielen.

Mütze sah von der Bierbank zu ihm hinüber und hob den Krug, als wolle er ihm Mut zuprosten. Mann, Mütze! Nur für ihn allein machte er den Blödsinn mit, nur weil er diesen schrecklichen Menschen so sehr liebte. Mütze, der gemeine Kerl, wusste das nur zu gut und nutzte seine Gutmütigkeit aus. Gerne war er ihm behilflich, gar keine Frage! Aber doch nicht als Teufelchen, das andere Leute erschreckte. Und zu allem Überfluss mit diesem peinlichen Blinkeding.

Karl-Dieter verschwand hinter einem Gebüsch und zog sich das zerrissene Teufelsgewand über. Angewidert versuchte er, die angetrockneten Blutspuren nicht zu berühren. Auch die Hörner setzte er sich auf, von denen das eine zerbeult hinabhing. Am härtesten aber war die Sache mit dem Teufelsdildo. Mütze hatte im Auto noch die neue Batterie eingesetzt. Das rote Blinklicht funktionierte wieder einwandfrei. Als das Gerät aber auch noch satanisch zu vibrieren begann, zuckte Karl-Dieter erschrocken zusammen. Nein, das nicht! Das reichte endgültig! Entschlossen stopfte Karl-Dieter das schreckliche Teil in die Tüte zurück und versteckte sie tief im Gebüsch. Der Plan musste auch so funktionieren. Im selben Moment klingelte sein Handy.

»Bist du so weit? Es kann losgehen!«

So übel war ihm lange nicht mehr gewesen. Dennoch trat der zerbeulte Teufel hinter dem Gebüsch hervor und ging auf den Tisch mit den Karpfenzüchtern zu, langsam und zielstrebig, genauso, wie Mütze es ihm aufgetragen hatte. Die Teichwirte waren angeregt ins Gespräch vertieft und bemerkten Karl-Dieter erst, als er direkt vor ihnen stand. Abrupt verstummten die Männer. Alle starrten den Teufel an. Da ging plötzlich eine Bewegung durch einen der Karpfenzüchter, entsetzt sprang er auf, stieß einen Fluch aus und rannte davon. Cyprinus König! Wie von Taranteln gestochen lief er durch die Budenstraße, rannte an dem Stand mit den Bratwürsten vorbei, vorbei an dem Wagen, in dem ungarische Fladen frittiert wurden, vorbei auch an den Zelten und Biertischen, ohne Rücksicht darauf zu nehmen, wer ihm in den Weg kam. Was für ein Wahnsinn! Der Teufel war wieder auferstanden! Verbeult zwar und in blutig-zerrissenem Gewand, aber eindeutig jener Teufel! Der Gerch, dieses Schwein!

Den ganzen Tag schon hatte sich Cyprinus König unwohl gefühlt, hatte auf keinen Fall auf das Walberla gewollt, nicht zurück zu dem tödlichen Abgrund. Den Mörder zieht es immer zum Tatort zurück? So ein Unfug! Alles hätte er dafür gegeben, nicht wieder hierher zu müssen. Schließlich aber hatte er sich doch zum Treffen mit den anderen Teichwirten gezwungen, er wollte keinen Verdacht erregen. Wie hätte das ausgesehen, wenn ausgerechnet er, der ungekrönte König der Karpfenzüchter, nicht zu ihrem traditionellen Stammtisch erschienen wäre? So war er mit beklommenem

Herzen hinaufgestiegen. Nach der dritten Maß hatte sich seine Nervosität allmählich gelegt, hatte er nicht mehr ständig an die Walpurgisnacht zurückdenken müssen, an das, was am Abgrund geschehen war. Der Georg, dieser Verbrecher, war doch selbst schuld gewesen! Hätte er halt besser auf die Karpfen aufgepasst. Wer sich die Suppe einbrockt, der muss sie auch auslöffeln. Das galt auch und erst recht für Fischsuppen. Stattdessen hatte dieser Schuft gemeint, ihm das Messer auf die Brust setzen zu müssen! Ihm, seinem Gönner und Wohltäter! Damit hatte sich der Schlaumeier sein eigenes Grab geschaufelt. Ein kleiner Stups, und der Teufel war zur Hölle gefahren. Wie um alles in der Welt war es ihm gelungen wiederaufzuerstehen?

Mit vier Maß im Blut stürmte der Karpfenkönig weiter voran, ungestüm, voller Panik. Bei der Schiffschaukel warf er einen Kinderwagen um, am Hetzelsdorfer Ausschank rammte er einen Mann mit drei gefüllten Bierkrügen, deren Inhalt sich über seine Begleiterin ergoss, am Käsestand drängte er sich durch die Warteschlange und rannte weiter das Plateau hinauf.

Mütze und Big-Chip hatten sofort die Verfolgung aufgenommen. Auch sie liefen die Budenstraße entlang, wurden aber von verärgerten Besuchern behindert, die sie mit dem Randalierer und Störenfried in einen Topf warfen, mussten sich beschimpfen lassen, ja sich sogar von manchem Festgast losreißen, der sie festhalten wollte, obwohl sie lauthals »Polizei!« riefen. Als sie die Stelle erreichten, an der der Karpfenkönig den Mann mit den drei Maß umgerissen hatte, stolperte Big-Chip über einen der am Boden liegenden Bierkrüge und fiel der Länge nach hin, und Mütze über ihn drüber. Ein zorniger Mann goss den Kommissaren schäumend sein Bier über die Köpfe, wütend rappelten sich die beiden wieder auf und stürmten dann weiter geradeaus.

Durch das Missgeschick seiner Verfolger hatte der Flüchtige einen kleinen Vorsprung gewonnen. Als er die letzten Biertische erreichte und damit das Ende des Festgeländes, sah er sich mit flackerndem Blick um. Geradeaus ging es zu einer kleinen Anhöhe, rechts erstreckte sich eine weite geschwungene Wiese, links ein schwarzes Wäldchen. Der Karpfenkönig spurtete los und in das Wäldchen hinein. Die Nacht war angebrochen, wer wollte ihn in der dunklen Einsamkeit finden?

Zum Glück hatte Mütze noch den Schatten bemerkt, bevor das Wäldchen ihn verschluckte.

»Wir schneiden ihm den Weg ab«, rief er dem bereits nach Atem ringenden Big-Chip zu, »er will im Schutz der Bäume den Berg hinunter.«

Mütze bog scharf links ab, und Big-Chip folgte ihm. Mütze war sich seiner Sache sicher. Gut, dass er das Walberla nun schon ein wenig kannte. Das Wäldchen konnte nicht sehr groß sein, auf halber Höhe des Tafelberges erstreckten sich ringsherum nur Wiesen mit Magerrasen. Wenn es ihnen gelang, am Rand des Wäldchens entlang die Wiesen zu erreichen, würde ihnen der Karpfenkönig direkt in die Arme laufen. Allerdings war es nicht leicht, in der Dunkelheit voranzukommen. Mit ihren Handys trauten sich die Kommissare nicht zu leuchten, um sich durch den Lichtschein nicht zu verraten. Auch wenn sie den Mörder noch nicht hatten, verspürte Mütze doch ein ungeheures Triumphgefühl. Sie hatten den Richtigen gefunden, das stand fest! Ihr Plan war aufgegangen. Warum sollte der Karpfenkönig flüchten, wenn er ein reines Gewissen hatte? Sie durften ihn keinesfalls entwischen lassen. Auf sein Geständnis kam alles an, und das würden sie nur kriegen, wenn sie ihn heute noch zur Strecke brachten. Morgen bereits würde er ihnen irgendeine blöde Erklärung liefern, eine Ausrede, warum er davongelaufen war. Der Mann war durchtrieben, man durfte ihn nicht unterschätzen.

Endlich hatten sie den unteren Rand des Wäldchens erreicht. Hier musste der Kerl auftauchen. Mütze blieb stehen und hielt den Zeigefinger vor den Mund. Sie stellten sich unter die niedrigen Zweige einer Esche und lauschten in die Dunkelheit hinein. Minuten verstrichen. Von fern war das Gegröle eines Betrunkenen zu hören, sonst war es vollkommen still. Schemenhaft konnten sie die Grenze des Waldes überblicken, links ging es steil über offenes Gelände talwärts. Wo blieb der Karpfenkönig? Er musste das Wäldchen längst durchquert haben. Langsam schlichen die beiden Polizisten weiter, hielten sich immer dicht am Waldrand. Was hatte der Karpfenkönig vor? Wollte er sich im Wäldchen versteckt halten, um erst später ins Tal zu steigen? Mütze glaubte nicht daran. Der Mann war zu clever, um ein solches Risiko einzugehen, musste er doch damit rechnen, dass sie Verstärkung anfordern würden. Wenn er eine Chance besaß, dann nur, indem er sofort seine Flucht fortsetzte.

In diesem Moment hörten sie ein Knacken im Wald, es klang, als ob dürre Zweige brächen. Der Karpfenkönig? Oder ein Tier? Jetzt war es wieder still. Das Knacken hatte recht nah geklungen. Big-Chip machte einen Schritt in den Wald hinein und trat dabei unglücklich auf einen morschen Ast, der mit hohem Stöhnen nachgab. Mist! Den Atem anhaltend lauschten sie erneut. Da! Es knackte wieder! Lauter als zuvor. Schritte waren zu hören, Schritte, die sich rasch entfernten. Kein Zweifel, der Karpfenkönig hatte Lunte gerochen, er lief zurück den Berg hinauf. Hinterher! Sich den Weg durch das Unterholz bahnend stürmten Mütze und Big-Chip in den Wald hinein Richtung Gipfel. Manchmal glaubten sie, im Dunkel einen Schatten springen zu sehen, zu hören war nichts mehr, übertönten doch die eigenen Laufgeräusche alles andere. Sie stolperten, rafften sich wieder auf, Zweige schlugen ihnen gegen die Beine, schlugen ihnen ins Gesicht, erschrocken nahm ein Hase Reißaus. Schneller als gedacht hatten sie das Wäldchen durchquert und liefen hinaus auf die Wiese. Im selben Moment trat der Mond hinter den Wolken hervor. Vor ihnen lag das östliche Plateau des Walberlas. Weit abseits vom Festgelände rannte eine Gestalt über die offene Wiese davon. Mützes Augen blitzten. Nun würden sie sich den Kerl schnappen! Im offenen Gelände hatte er keine Chance. Ohne auf Big-Chip zu warten, dessen Kondition zu Ende ging, spurtete Mütze los. Der Karpfenkönig schlug einen Bogen hin zu der kleinen Anhöhe, die das Plateau abschloss. Er scheint sich nicht auszukennen, dachte Mütze mit grimmiger Freude, jetzt sitzt er in der Falle! Hinter der Anhöhe nämlich ging es steil bergab, genauso steil wie am westlichen Ende des Plateaus, dort, wo Regenfuß in den Tod gestürzt war.

Es geschah, wie Mütze es vorausgesehen hatte. Schweißnass erreichte der Karpfenkönig die kleine Anhöhe und blieb abrupt stehen. Vor ihm tat sich gähnend der Abgrund auf, hinter ihm kamen seine Verfolger näher. Panisch sah er sich um. Was aber war das? Was erhob sich da von dem Felsbrocken? Das, das ... das war er wieder! Der Teufel! Dieser Satan war tatsächlich von den Toten auferstanden! Verdammt, wie ...? Der Karpfenkönig stolperte rückwärts, ruderte noch mit den Armen, dann stürzte er schreiend in den Abgrund.

Atemlos starrten Karl-Dieter und Mütze hinterher, und auch Big-Chip, der schnaufend an der Klippe angekommen war. Unten aber war es still. Sehr still.

»Das gibt's nicht! Er hat es tatsächlich überlebt?«

»Alle Knochen hat er sich gebrochen. Der Gipsvorrat der Erlanger Klinik ist aufgebraucht. Nur noch Augen, Mund und Nasenlöcher sind frei, sonst ist alles sauber verputzt, fränkische Wertarbeit.«

Karl-Dieter atmete erleichtert durch. Ein riesiger Stein plumpste von seinem Herzen. Er hatte sich solche Vorwürfe gemacht. Schuld am Tod eines Menschen zu sein, konnte es etwas Furchtbareres geben? Gewiss, der Karpfenkönig war ein Verbrecher, ein Mörder gar – und dennoch, niemand besaß das Recht, einen anderen Menschen zu töten. In was für eine Situation hatte Mütze ihn bloß gebracht? Nie wieder würde er in solch ein Gewand schlüpfen, nie wieder einen Menschen so grausam erschrecken. Als der Karpfenkönig davongerannt war und die Freunde hinterher, war Karl-Dieter voller Scham in der Dunkelheit abgetaucht und hatte die Einsamkeit gesucht. Still war er oben am Abgrund auf dem Felsbrocken niedergesunken und hatte über das nächtliche Tal geblickt. Wie war er erschrocken, als der Karpfenkönig plötzlich vor ihm aufgetaucht war! Und der über ihn! Der Schrei, den der Stürzende ausgestoßen hatte, dieser schreckliche Schrei, immer noch klang er Karl-Dieter in den Ohren, ein langgezogenes Heulen, das so brutal geendet hatte. Scheußlich! Was für ein Himmelsgeschenk, einen solchen Sturz zu überleben!

»Und er hat tatsächlich ein Geständnis abgelegt?«

»Tatsächlich! Etwas leise, aber doch verständlich hat es die Mumie durch das Gipsloch geflüstert.«

»Und wenn er morgen widerruft?«

»Zwecklos«, sagte Mütze und ließ vergnügt sechs weitere Nürnberger Rostbratwürstchen auf seinen Teller purzeln.

Sie saßen zu dritt um den Küchentisch ihrer Kosbacher Wohnung, Mütze, Karl-Dieter und Big-Chip. Das heißt, Big-Chip saß nicht mehr, Big-Chip lag im Eck und schlief im Sitzen. Nach dem zweiten Bier war ihm der Kopf in den Nacken gefallen, nun schnarchte er den Schlaf der Gerechten. Mütze und Karl-Dieter ließen ihn schlafen.

»Wir haben nicht nur das Geständnis des Karpfenkönigs, wir haben auch knallharte Fakten«, schmatzte Mütze zufrieden.

»Nämlich?«

»Seinen Computer. Die Kollegen haben ihn sichergestellt, Big-Chip hat ihn schon durchforstet. Die ganze Korrespondenz mit Regenfuß alias *Einsamer Hecht*, alles da. Wie der Karpfenkönig Regenfuß umgarnt hat, alle Achtung. Für einen Hetero eine erstaunliche Leistung.«

»Der Karpfenkönig ist also tatsächlich *Sexy Hexy*?«

»Kein Zweifel. Es verhält sich genauso, wie wir vermutet haben. Regenfuß hat vor Jahren begonnen, ihm Karpfen aus Tschechien zu besorgen, in riesigen Tanks, damit die Viecher frisch bleiben. Karpfenkönig hat den tschechischen Billigfisch als Original Aischgründer ausgegeben und teuer weiterverkauft. Mit der Zeit ist er immer gieriger geworden, Regenfuß musste immer öfter fahren.«

»Und dann?«

»Dann ist es zum Streit gekommen.«

Mütze schenkte sich noch ein schäumendes Storchen aus dem Krug nach.

»Warum?«

»Eine Ladung Fische hatte die Fahrt nicht überlebt. Regenfuß musste lange im Stau stehen, an einem heißen Septembertag im letzten Herbst. Die Hitze haben die Karpfen nicht vertragen. Als Regenfuß die Ladeklappe öffnete, schwammen alle Fische mit dem Bauch oben. Der Karpfenkönig wollte die Ladung nicht abnehmen und weigerte sich, auch nur einen Cent dafür zu bezahlen. Vorbei war's mit der Freundschaft. Kurze Zeit später ging die Erpressung los. Regenfuß drohte, den Karpfenkönig zu verpfeifen. Erst wollte er fünfhundert Euro, dann fünftausend. Zweimal hat der Karpfenkönig zähneknirschend bezahlt. Dann aber hat es Regenfuß übertrieben. Plötzlich verlangte er fünfzigtausend.«

Mütze leerte das halbe Glas mit einem Schluck und türmte sich die dritte Ladung Kartoffelsalat auf den Teller.

»Und dann?«

»Dann beschloss der Karpfenkönig, der Sache ein Ende zu machen.«

»Und erfand *Sexy Hexy*.«

»So ist es.«

»Woher hat er denn gewusst, dass Regenfuß Mitglied bei dem Partnerportal war und wie er sich dort nannte?«

»Als sie sich noch verstanden, leerten sie nach jeder erfolgreichen Karpfentour gemeinsam eine Flasche Kirschwasser. Da hat Regenfuß ihm von den ›Theaterspielchen‹ erzählt.«

Karl-Dieter schüttelte den Kopf. Was für eine Geschichte! In diesem Moment schlug die Kuckucksuhr an. Sechsmal pfiff der Kuckuck sein Liedchen.

»Verdammt«, rief Karl-Dieter und schlug sich an die Stirn.

»Was ist?«, fragte Mütze belustigt.

»Sechs Uhr. Die Wahllokale schließen, und wir haben unsere Stimme nicht abgegeben!«

»Das Bürgerbegehren? Ist doch eh wurst«, lachte Mütze, »eine Ja-Stimme und eine Nein-Stimme, das hebt sich auf.«

»Dennoch«, sagte Karl-Dieter, »sein Wahlrecht sollte man wahrnehmen.«

»Ich hab so ein Knacken im Urin, dass die Erlanger für den alten Berg gestimmt haben, muss ich dir leider sagen.«

»Was macht dich da so sicher?«

»Der Erlanger liebt die gepflegte Langeweile.«

»Vergesst die Bowerbointbräsendäischen vom Alten nicht!«, ertönte es plötzlich aus der Nische der Eckbank. Big-Chip war wieder aufgewacht.

»Die was bitte?«, fragte Mütze belustigt.

»Na, den Vortrag, den der Alte vorgestern noch im E-Werk gehalten hat. Muss einen Mordseindruck gemacht haben«, sagte Big-Chip. Dann fielen ihm wieder die Augen zu.

Mütze stand auf und holte einen frischen Zweiliterkrug aus dem Kühlschrank. Beim Rückweg zum Tisch tippte er an den leeren Vogelbauer.

»Gleich morgen kaufen wir dir einen neuen Mickey!«, sagte er, während er sich kühles Bier nachschenkte. Dann hob er freudig sein Glas: »Auf dich, Karl-Dieter! Ohne dein geniales Theatertalent hätten wir den Mörder nicht zur Strecke gebracht. Also, du als Teufel, ich muss schon sagen, hast ne gute Figur gemacht. Auch wenn das Kostüm nicht ganz vollständig war ...«

Karl-Dieter grinste säuerlich, nahm sein Mineralwasserglas und stieß mit Mütze an. Von wegen Wellensittich! Morgen würde er mit Mütze einen langen Spaziergang machen. Und dann würde er all seinen Mut zusammennehmen und ihn zum letzten Mal fragen. Diesmal konnte Mütze nicht

Nein sagen, diesmal nicht. Nicht nach alldem, was er für ihn getan hatte, nicht, wo er jetzt ein Schachbrett auf der Stirn trug und den Teufel gespielt hatte. Alle Details hatte er schon heimlich geklärt, es gab eine Möglichkeit, eine ganz legale noch dazu. Die »Elton-John-Methode« nannte man diese Art von Adoptionsverfahren im Internet. Mütze brauchte gar nichts weiter zu tun, nur sein Einverständnis geben. Dann würden sie eine richtige Familie sein. Und auch Mütze würde ihren Kleinen ins Herz schließen, da war sich Karl-Dieter sicher. Er kannte seinen Freund doch: außen granitharte Schale, innen lenorweicher Kern. Und wenn der Kleine das erste Mal »Papa« zu ihm sagen würde, würde Mütze dahinschmelzen. Ganz bestimmt. Doch das würde eine neue Geschichte werden.